# 君の忘れ方

How to forget you

作道 雄

角川書店

なにを寂しいと思うかは、人それぞれだろう。

僕には、忘れたくないことを忘れてしまうことが、なにより寂しく思える。

はじめてそういう風に思ったのは、恐らく中学生の時だ。その頃にもなると、振り返れる量の過去が出来ていた。

よく思い出していたのは、小学校三年生の終わり、クラス替えを目前に控えた遠足のこと。前日、帰りの会で担任の先生が言った。

「このメンバーでの思い出作りもこれが最後です。一瞬一瞬を大事に、楽しく過ごしましょうね」

僕はそれを、真に受けてしまった。すべての景色や匂い、聞こえてくる言葉を脳や心に刻もうと誓った。その張り切りと緊張は、前夜になかなか寝付けないほどだった。

遠足先は、自然公園だった。

陽の光に照らされた、青色の滑り台。落ち葉を風に転がしている芝生。ペンキが剥《は》げ落ちて、白い涙を流しているようなキリンのブランコ。

　目にするもの一つ一つを、僕は丁寧に観察した。それは世界の輪郭を捉《とら》えていく作業のようで、しばらくは順調にこなせたのだけど、帰る頃にはかなり疲れてしまっていた。朝のことが、明瞭《めいりょう》には思い出せなくなっていたのだ。公園へ行く途中にみんなで歩道橋を渡ったはずだったけど、記憶が曖昧《あいまい》で、仲良くしていたあっくんに、渡ったよねと訊《き》いても、そうだっけと返された。さきちゃんも、ともくんも覚えていなかった。

　先生に、行くとき橋を渡りましたよね、と訊いても、渡ってないと言われてしまった。橋と言ったのが良くなかったのだけど、小学生の僕は、それに気付けなかった。

　一度自信を失うと、容赦なく色んなことが霞《かす》んでいき、どうでも良くなった。そして帰りのバスの中で、僕は泣いた。

　すべてを覚えることなんて無理だし、記憶しようと思うほど、最後という言葉を重く感じて苦しくなった。先生は何気なしに言ったのだろうけど、一瞬を大事にする過ごし方を小学生に求めるのは、酷過ぎる。僕は先生を恨んだ。


　大人になるにつれ、ようやく理解できた。

　すべてを覚えるのが難しくても、一度覚えたものを、なるべく忘れないようにするのは出来るということ。そして忘れないようにするためには、思い出す頻度自体を上げれば良いということ。やってみれば、簡単なことだ。

そこで僕は、なるべく色んなことを覚えておくようにするというのに自覚的に取り組んだ。これは誰かとの関係を良くすることにもつながった。たとえば外食する時は、前に別の店で食べたときの金額を思い出し、その範囲内で注文して母を無駄に怒らせないようにした。

父は幼稚園の頃に他界していたので、母が独りで僕を育ててくれていた。母は地元の病院に勤務していたから、幸い経済的に困ることはなかったけど、僕の気遣いは嬉《うれ》しいものだったようで、「お金のことは気にしなくていいよ」と言う顔は笑っていた。

ちゃんと覚えていることが、安心して生きる術《すべ》。忘れてしまうということが、僕の根幹を揺るがす。小さなことを忘れていくのは、しょうがない。それでもやっぱり、一つでも多くのことを覚えていられるのなら、それに越したことはない。そう、思っている。

「なのに、今は記憶力に自信がないんだよな。これって、スマホで写真を撮るようになったからだと思うんだよ」

何気なく言ったのだけど、結婚式で使う学生時代の写真の提出締切を忘れていたことへの、ただの言い訳だった。

「いや、ごめん」

呆《あき》れ顔の美紀《みき》に、僕は慌てて言い添える。

「あれまあ」

美紀は小さくため息をついて、ソファーに座った。仕事が立て込んでいるみたいだったし、僕とのなんとなく美紀は、疲れているようだった。仕事が立て込んでいるみたいだったし、僕との結婚式の準備に、やや神経質になる日が続いていたのだから、しょうがない。

反応を静かに待っていると、美紀は、アニメのキャラクターが呆れたときにする目の細め方のやつ、の顔をしてくれた。僕は安心して、ごめんなさい、の顔を返す。四年間の付き合いの中で編み出された、お決まりのやり取りだ。

二人の間でこのノリが始まったのは、埼玉の動物園へデートに行った時のこと。

「昴《すばる》くん、クオッカワラビーの顔に似てる」美紀が指摘した。

クオッカワラビーは、カンガルーの仲間だが、身体はそれよりずっと小さくて可愛らしい。その表情から、世界一幸せな動物、と呼ばれているそうだ。それほど僕は幸せな顔をしていないが、自分でも少し似ているなと思い、「たしかに」と顔真似をしたら、美紀が世界一幸せな顔で笑ってくれた。

それ以来、感情を表すときにクオッカワラビーの顔をする、というのが僕らの間で流行《はや》った。お腹を空《す》かせたクオッカワラビー。風呂《ふろ》に入るのが面倒だと思っているクオッカワラビー。いざ風呂に入ると気持ちがいいクオッカワラビー。遅刻した時のクオッカワラビー。理由はよくわからないけど苛々《いらいら》しているクオッカワラビー。

美紀はどちらかというと、リスとかに似ていて、再現度は僕の方が高かったけど、帰宅した美紀が玄関で直立不動でやる、疲れ過ぎて呆然《ぼうぜん》としているクオッカワラビー、は毎度笑えた。

とても可愛らしかった。

「ちゃんと出しておいてよ。プランナーさん、頑張ってくれてるんだから」

「わかった。明日やる」

「でさ。なんで写真を撮ったら、記憶力が下がるの？」

僕の出した話題に、美紀が戻してくれた。

「たぶん、心に焼き付ける作業をしなくなるからだよ。スマホが無い時代は、自分の中に感動を仕舞ってたわけだけど。今は簡単に写真撮れちゃうから、その瞬間の感動が薄まるよね。印象にも残りにくい」

「なるほど。それはそうかもね」美紀は頷《うなず》いた。

「料理教室でも、料理を作るより、良い写真を撮ることの方に情熱燃やしてるんじゃないかって生徒さんがいて」

「いま、料理教室は生徒何人なんだっけ」

「今日やってきたクラスは、十人かなあ」

出てくる欠伸《あくび》を出てくるままに、美紀は答えた。

仕事の愚痴でも聞いて、写真の提出が遅れていることをカバーできないか、と僕は思った。

少し前一緒に読んだウェブ記事で、結婚式に協力的でない新郎は、その後の生活においても云々《うんぬん》と書かれていたのが脳裏に浮かんだ。

「美紀が一人でまわしてるんでしょ」

「そう。お世話になった先生のあれで受けてた仕事だから、そろそろ辞めても良いとは思ってるんだけど」

「小学校の給食の開発だっけ。あれも忙しいんじゃなかったっけ」

「それもあるしねえ」美紀は目を伏せた。

「あれでしょ。行政の担当者が面倒で、しかも上司と情報共有してないから、言うこともころころ変わるっていう」

「そうそう。よく覚えてくれてるね」

仕事のことを把握してますアピールの後は、黙って聞く側に徹する。

円滑な会話のためのセオリーを守ったのだが、会話は思ったように弾まず、僕がトイレに行っている間に、美紀はソファーで寝てしまっていた。やはり疲れていたのだろう。

美紀を起こし、身体を抱えてベッドへ連れて行く。想像よりもずっと軽いんだけど、たしかな重みが自分の手の中にある。髪の匂い、体温、不安になるくらい柔らかな肌を感じた。

セミダブルのベッドは二人には狭い。なので結婚したら引っ越した先で、ダブルベッドを買うことになっている。美紀は新生活で猫を飼ってみたいらしいけど、そうしたらベッドの上に猫も乗ってくるだろうから、ダブルベッドでも足りるだろうかと、僕は今から少し心配だ。

そのことは、まだ美紀には話していない。

一緒に暮らすことへの不安は、考え出すと具体的に様々浮かぶし、考えないようにする訳にもいかない時期に来ていた。

美紀との出会いは、四年前だった。

仕事での取材相手、というだけだったのに妙に話が合って、いつかご飯でもとなって別れ、僕の方から数日後にそれを実現させた。

少し遠くへデートに出かけて、今度は日帰りでゆっくり温泉でも行けたらいいですね、なんて話が出たところで、それは付き合うということだと思って、告白した。美紀は、「いいですねえ」なんてのんびりした口調でＯＫしてくれた。

デートは毎回楽しくて、好きという気持ちが萎《しぼ》まない恋をするのは、はじめてだった。

仕事への価値観も、よく似ていた。

僕はラジオ局に出入りしているフリーの構成作家で、彼女は料理研究家。フードコーディネーターというカッコいい肩書で呼ばれることもあるらしく、それならば僕もライターなので、お互い職業が、ターで終わるもの同士だ。そうやってカッコつけた言い方も出来るけど、現状に甘んじてはいられない大変さもある。お互い、仕事を優先しながら付き合いを続けた。

二年ほど前に一緒に住むようになってからは、愚痴や生活リズムも共有できたから、まさに共同戦線を張って、互いを支え合いながら生きているような気持ちになれた。

プロポーズは半年前、僕の方からだった。婚姻届を出すのは式と同時、三ヶ月後の予定だ。

結婚式自体、あまり大きな規模にはせず、身内と友達数人を呼ぶだけのささやかなものにするつもり。僕たちの考えは、話し合う前から一緒だった。

式が終わったら、引っ越すことに決めている。東京の郊外に出たところ、少し広めの部屋を借りて、しばらくは子どもを作らず猫と暮らし、仕事に励む。三十歳を手前に、仕事を軌道に乗せる一番大事な時期を、夫婦として一緒に過ごす。

数年先まで、僕たちの人生計画みたいなものは、出来ていた。

「おやすみ」

僕が声を掛けると、もにゃもにゃと、美紀は何かを言ったけど、すぐにまた眠った。子どものような顔をしている、と思ったのは、最近美紀の子ども時代の写真を見ていたからだろう。髪を撫《な》でていると、美紀はベッドの端っこ、壁に向かって寝返りを打った。


明くる日に急遽《きゅうきょ》、美紀にラジオ番組のゲストとして出演してもらうことになった。局のプロデューサーで、お世話になっている木下《きのした》さんが担当する番組だ。予定していたゲストが体調不良で出られないことになり、代打を探しているということから、僕に相談が来た。土壇場だったけど、美紀は少し前に料理の本を出したばかりだったから、宣伝にもなると言って局へ出向いてくれた。

打ち合わせには、立ち会った。けれど、いざ収録が始まるところで、居ない方が緊張しないだろうと僕はブースを出た。

「ありがとう、ほんと助かったよ」

声がして振り向くと、木下さんが廊下を追いかけてきていた。

「いえいえ。木下さんにはいつもお世話になっていますので」

「今度、美紀さんも一緒に三人で食事を」

「是非」

きっと楽しい席になるだろうと、僕は明るく返事した。

僕より歳が六つ上の木下さんは、既婚者だ。人生の先輩として、たとえば結婚式の諸準備で早めに済ませておいた方が良いことなどを、惜しみなく情報提供してくれた。

なにより木下さんは、まだ駆け出しで仕事がなかった頃の僕に、少し大きめの番組をもたせてくれた恩人でもある。僕が受けた恩を、ラジオ出演という形で美紀が返しているということに、連帯感のようなものを感じて心地よかった。

収録後、美紀は別の仕事があるというので、僕は先に帰ることにした。

ちょうど特番の準備がひとつ始まったくらいで、それほど仕事は忙しくない。帰宅する時間を自分で決められるのが、フリーランスの気楽さだ。

駅から家へ帰る道すがら、夏の気配を仕舞ったばかりの肌寒い風が、首元を通り抜ける。これくらいの時期、名前のつかない季節が好きだ。最寄りのケーキ屋で、浮かれてシュークリームを四つ買ってしまった。

帰宅すると、美味《うま》そうな匂いがして台所へ向かった。コンロの上に、カレーの入った鍋《なべ》がラップをして置かれていた。昼に美紀が作り置きしておいてくれたものだろう。温めて食べてね、というメモが鍋の隣に添えられている。

美紀の作るご飯は、当たり前のようにどれも美味《おい》しかった。その中でも、僕はカレーが一番好きだ。格別に美味しくて、美味い美味いと食べていると、もっと手の込んだのを褒めて欲しい、と美紀は少しだけ不満そうだったけど、カレーは好みのど真ん中だった。

そのうち仕事中にもその味を思い出すくらいになったから、僕は作り方を教わった。

なんと美紀は、隠し味に日本酒を入れるのだ。ルーが溶けて、出来上がる直前、酒をほんの少し入れる。そうすることで味がまとまるし、クリーミーにもなるのだという。

最初は信じられなかったのだけど、食べてみると本当に味が変わった。美紀が楽しそうに、「なんかね、高校で家庭科の先生に教えてもらったことでさ。全然専門的に学んだやつとかじゃないんだけどね」と、語ってくれたのを思い出す。

一晩寝かせるとさらに美味くなるから、まだ食べないでおこうかと思ったけど、我慢出来ず、結局食べてしまった。残った一皿分は、新しい皿に移して冷蔵庫にしまった。

何時頃に美紀が帰ってくるかわからなかったけど、遅くはならないだろうと踏んだ僕はテレビを見たり、集めた写真を見返したりして時間を過ごした。

クラウドにまとめた写真は、僕と美紀のを合わせると三百枚以上にもなっていて、下にスクロールしてもなかなか終わりにたどり着かない量だった。写真が簡単に撮れるせいで日常の感動が薄まっていると、写真の存在そのものを否定するようなことを昨夜《ゆうべ》は言ったけど、一気に見返してみると、時間が束になって手元に届けられたような気がして、心が温かくなった。結婚するのだな、とも思った。一人で晩酌するのが勿体《もったい》なくて、美紀を待つことにした。

けれども――

夜八時、九時、十時。電話をしたけど、美紀は出ない。折り返しもないし、メッセージの既読さえつかない。どれだけ待っても、美紀が帰ってこなかった。

なすすべのない夜だった。どうすれば良いのか、なにもわからなかった。

家にいるのも違うような気がして、とにかく部屋を出た。マンション前の交差点は、工事のためか信号が灯《とも》っておらず、見慣れた景色が妙に暗く感じて、薄ら寒い予感に身を包まれた。街頭の樹木が、音を立てて葉を揺らしている。

僕は木下さんを含む、美紀と共通の知り合い三人に連絡をしてみた。こういう場合、どう文章にしたら良いのかと悩んだが、美紀と連絡が取れないのですが、何か知ってることありませんよね……と素直に状況を書くことにした。

すると二人からはすぐに返事があり、『知らないよ、どうしたの?』『大丈夫?』と訊かれた。木下さんからは既読がなかなかつかない。大事《おおごと》にするのもそれはそれで嫌だったので、送信を取り消した。

そうこうして部屋に戻ってみたけど、美紀は帰ってきていなかった。

億劫《おっくう》さを覚えた。僕たちの部屋は、四階の廊下奥にある。様子を見に部屋へ戻るだけで、時間をロスしてしまう。マンションの外から見上げれば、部屋の電気がついているかどうかはわかる。先ほどは電気をつけたまま部屋を出たけど、今回は消して出ることにした。これで美紀が帰ってきているかどうか、外からでもわかる。

良い考えだ、と自分で思った。

心が軽くなり、自分がバカバカしい不安に苛《さいな》まれているだけのように思えてきた。たとえば美紀は、スマホの充電が切れているだけなのかもしれないのだ。

家を出て、少し先の最寄り駅まで歩いてみた。終電の時間はとっくに過ぎており、構内にさえ、入れなかった。

二人でよく行く公園、川沿いのベンチ、一度だけ入ったイタリアン、去年の夏に花火を見上げた歩道橋。満遍なく近所を捜して、マンションの前まで戻ったけど、期待とは裏腹に、部屋に明かりはついていなかった。

僕はコンビニで珈琲《コーヒー》を買って、イートインのコーナーへ入った。そこで返信出来ていなかったメールを返したり、週末に高校時代の仲間と集まって飲む店を選んだり、仕事関係で読んでおこうと思っていた記事をスマホで斜め読みしたりして、それなりに有意義な時間を過ごした。しかし、これは今、ここでする意味があるのだろうかという疑問が頭をもたげてきた。

珈琲が僅《わず》かに残ったカップを手に持って、マンションの前まで戻った。

変わらず、真っ暗な部屋だ。

本当のところ——この時すでに、最悪のなにか、を僕は頭に浮かべていた。

同時に、考えを打ち消す余裕も残っていたので、帰りが遅くなるとか、友人の家に泊まるとか、そういったことを美紀が言っていなかったか、記憶を手繰り寄せた。

けれどなにも、思い出せない。

大事なものがすっぽり抜け落ちてしまったように、頭が真っ白だった。忘れて思い出せないのか、それとも今夜の美紀の不在がまったく予定されていないもので、よって可能性が一つも思い浮かばないのか。

少し落ち着こうと、冷めきった残り僅かの珈琲を一口飲んだ。ここで飲み干すべきか、部屋にまで持ち帰るか、どちらが良いか。考えてすぐに、思考がどうでも良いことに頼っていると気が付き、冷静さを失っていると自覚した。

考えるべきは、美紀のことだ。

もしかすると、僕がコンビニへ行っている間に美紀は帰って来ていて、泥酔して玄関などで寝てしまっているかもしれない。そうだったら、美紀がいても部屋に電気はつかない。

「これは何を試されてるんだ？」

と、独り言が出た。物語の登場人物が言いそうな台詞《せりふ》で、寒々しい。思考はとにかく、どこか着地できる安全な場所を求めていた。

階段を一段飛ばしで駆け上がり、部屋の前に辿《たど》り着いた。

冷えたドアノブを回すと、鍵《かぎ》は開いていた。

さっき部屋を出た時に、鍵をかけたような気もするし、かけなかった気もする。前者なら、美紀はもう帰っている。

入室して玄関の電気をつけた。靴を脱いで、廊下を進む。居間に入って、電気をつける。その一連の行為を進める中で、なんとか理性を保つことは出来たけど、部屋中を満たす不在の空気に触れた途端、僕は力なく床に座り込んでしまった。

仲間とはぐれて呆然としているクオッカワラビー、をやっておこうと思った。事態が改善するかもしれない。けど、気力が無かった。真っ白だった頭の中は、真っ黒になった。

どれくらいそのままでいただろうか。数分だったかもしれないし、数十分だったかもしれない。ズボンのポケットに入れていたスマホが、振動した。取り出すと、美紀のお父さんの名前が表示されていた。

「今……すぐに出てこれるかな」

挨拶《あいさつ》もそこそこに切り出されたその口ぶりから、深刻さが伝わった。ちょうどさっきまで外に出てたところだったのにな、と間抜けなことを思った。

「美紀が事故に遭った。気をしっかり持って、来てほしい」

僕は黙ってしまい、それから腹に力を入れて「あの」と言ったが、続けるべき言葉が見つからなかった。

かわりに電話口の奥からは、洟《はな》をすするような音がした。

「美紀は」と掠《かす》れた声で呟《つぶや》いた僕に、彼女がこの世を去ったことが、告げられた。

◇

美紀の乗っていたバスに、酒気帯びの車が突っ込んだ。刑事事件として処理されたため、美紀は数日、警察のところに置かれてから帰された。

僕と美紀は、まだ婚姻届の提出を済ませていなかった。そのため警察は、美紀の本籍地から、実家の住所と連絡先をあたったらしかった。

葬儀の段取りや喪主の役割は、美紀のお父さんがやってくれた。僕に出来ることなど、ほとんど無かった。

家から電車を三回乗り継いで向かった東京郊外の斎場へ入ると、すでにたくさんの人が集まっていた。美紀の学生時代の友人と思《おぼ》しき人たちが泣いているのが目に入った。

そういえば、結婚式場を早くキャンセルしないと、と思った。彼女たちには本当はそっちの式に来てもらう予定だったのだ。なんとなく申し訳ないような気がした。

式場のキャンセルのほか、親族や友人たちへの連絡など、僕は僕でやらなくてはいけないことがあると、そこで初めて色々と浮かんだ。

お通夜から葬式が終わるまで、時間はあっという間に過ぎていった。記憶も覚束無く、線香の匂いを強く感じて、やけに気だるかったことはなんとなく覚えている。

控室で美紀の両親と火葬を待っていると、スタッフがやってきた。

「このたびはお悔み申し上げます」

この日何度聞いたかわからない言葉を言われてから、

「突然のことで、まだお気持ちが落ち着いていらっしゃらないと思います。こちらの資料を、いつかご覧いただければ」

と、パンフレットを渡された。見慣れないカタカナの言葉が、表紙に書かれていた。

「グリーフケア」美紀のお母さんがそれを見て呟いた。

「皆様のように、悲しみを経験された方に寄り添い、お話を伺う。それだけですが、それだけでも」

グリーフというのは、たしか悲しみだとか慈愛だとか、そんな意味だった気がする。

『ケア』という言葉に、なにか意味合いを感じて、思わず顔をしかめてしまった。美紀の両親も同じことを思ったのかもしれない。視界の隅に、パンフレットを閉じる二人が映った。

「海外では広まりつつある考えなのです。辛《つら》いことを決しておひとりで抱えないように……なにかあれば、ぜひご覧ください」

淡々とした口調で説明を添え、丁寧に頭を下げてからスタッフは去っていった。

「昴くん」

名前を呼ばれて、顔を上げた。

美紀のお母さんの声に力はなく、つっかえた喉《のど》から声を振り絞っているような感じがした。凜《りん》とした方というのが、数ヶ月前に会った最初の印象だったけど、今はただ痩《や》せて、水のない湖のほとりで項垂《うなだ》れる水鳥を僕は想像した。

「美紀は幸せだったと思う。昴くんと一緒にいられて。だから」

長い沈黙があった。

やがて彼女は顔を上げ、僕の目を見て呟いた。

「自由に生きてね。でも……どうか美紀のこと、忘れないでいてあげて」


眩暈《めまい》がして、火葬場では立っているのがやっとだった。

美紀の骨を見ることなんて、まともには出来なくて、いざそれを拾おうとすると、箸《はし》を持っていること自体が変に思えてきた。

日常で箸を持つ理由というのは、手が汚れてしまうからだとか、手で掴《つか》むと潰《つぶ》れてしまうかもしれないからだとか、そもそも箸を使わないと品が無いからだとか色々あるけれど、骨を箸で拾うのは、なぜなんだろう。

理由として、まずもって骨がただ単純に、物だからだというのはありそうだ。

けれど物ならば、手で触ってもいいはずである。潰れはしないし、汚いものでもない。

もしかすると、骨を手に持つのは品が無いことなのかもしれない。

でも、どうして――？　紛れもなく、紛れもなく、これは美紀なのに。

「骨は、熱いんですか？」僕はその場にいた斎場の人に訊いた。

想像していなかった質問だったのだろう。驚いた顔で、「焼いたばかりですので」と返されて、僕は妙に納得した。

骨を箸で挟むと、指先に無機質な感覚が伝わり、そのよそよそしさに心が抉《えぐ》られた。


斎場を出る前、誰もいなくなった部屋で一人、遺影の美紀を見つめた。

美紀は、笑っていた。

僕は、なぜ彼女が笑っているかを知っている。

これは、三ヶ月前にバリ島で撮った写真だ。三泊四日のツアー初日に、空港で、観光客の日本人に撮ってもらったもの。

仲の良さそうな老齢のご夫婦で、ご主人の方が、得意だからと写真を撮ってくれたのだけど、隣で奥さんが、逆光なので場所を変えた方が良いとか、横長も撮った方が良いとかいろいろ言っていて、だんだんご主人が不機嫌になっていくのを、美紀がちょっと笑って見ている写真だ。

トリミングされているけれど、本当は隣に僕が写っている。生きている僕の方が写真から消されてしまって、一人になった美紀が、こちらを向いているというのがなんとも奇妙だ。

現実を受け入れるには程遠く、虚構の世界に描かれた人物を、自分は渾身《こんしん》の芝居で演じているその最中《さなか》なのではないかとさえ思えた。

「美紀」

そう小さく呟いてみると、胸に甘いものがこみ上げた。

葬儀を終えると、木下さんからメッセージが入っていた。明日の打ち合わせは休んで欲しい、と書かれていた。

こういう時こそ普通に生活した方が良いとも思えたので、『大丈夫です、行きます』と返した。けれどすぐに、

『後でいきなり負荷が押し寄せて、後戻りが出来ないようになるのが一番いけないよ。休み休みが良いんじゃないかな』と、優しい返事がきた。

木下さんという他人を介して自分を捉えることで、ああ今自分に襲い掛かっているのは悲しい現実なんだ、とも思えた。けど、どうにも腑《ふ》に落ちない。

自分の知っている悲しい、とは違うなにかが、頭の上に雲となって覆いかぶさっていて、自分はその下を這《は》いずり回っているただの動物みたいで、なにがなんだかわからない。腹の奥が、やけにちくちくと痛かった。

それでも信頼する木下さんの言うことだ。その通りにしようと、僕は数日、休むことにした。

◇

帰宅してソファーに身体を横たえ、足を伸ばした。喪服は着慣れていなかったし、普段私服で仕事しているから余計、全身強張《こわば》ってしまっていた。

目を閉じると、脈絡のない事ばかりが脳裏を掠《かす》めた。一人の生活になってしまったのだからと、美紀と一緒に暮らすよりも前の生活を思い返すと、休日の一人きりの時間のことが浮かんだ。味気なくても、僕はそれなりに一人暮らしの生活を工夫して過ごしていた。韓国ドラマを一気見したり、少し高級な入浴剤をお供に、バスタブにお湯を張って長風呂をしたり。

その生活に、無理矢理戻されたと思うことにしよう。

疲れた身体をほぐすのに、今からお湯を張るのはどうだろうか。けれど入浴剤は切らしていた気がする。コンビニに買いに行くのは、さすがに面倒だ。それよりも、風呂場に行くことさえ、身体が動かないので出来ない。

そんなことを考えているうちに、美紀を待っていた、つい数日前の夜を思い出した。

自分が何かを間違えたから、美紀はいなくなってしまったのではないか。もし自分があの夜、コンビニのイートインに行かなければ、なにかが変わっていたかもしれない。

いや――さすがにそれは違う。美紀はすでにあの時間、もうこの世にいなかった。

僕はすぐに冷静になることが出来て、じゃあいったい僕は何を間違えたのだろうと、またこ数日、数週間、数ヶ月の日々を思い出した。

今、自分がしなくてはいけないことは、その間違いが何であるかに気が付くこと、そしてそれを誰かに報告することのように思えてきた。

誰か――誰だろう？　美紀ではないような気がする。

当面のやるべきことが見つかった気がして、僕は安心した。

途端、眠りに落ちた。浅い眠りだった。

夢を見た。猫が銃を持っていた。ピストルではなくて、長いやつ。長いやつをなんと呼ぶのだったか。猫には人間の手足が生えており、階段をゆっくりと降りてくる。

どこの建物だろうか。暗がりの螺旋《らせん》階段で、古城のようなものを思わせる雰囲気だ。猫は、その一歩一歩の歩幅は小さいけれど、見事なステップで歩いている。

僕はその階段を降りた先にある、自分の部屋の前にいて、何度鍵を差し込んでも、鍵穴にぴったり合わず、とても焦っている。

本当にこの鍵だっただろうかと慌てながらも、背後には銃を持った猫が迫っているのを感じる。美紀に合鍵を作っておくようにと頼まれていたのに、サボってしまっていた。ごめん、美紀。猫はもう、すぐ後ろまで迫っていて、カチャリと耳もとで音がした。

そうだ、ライフルだ。と、突きつけられたものの名前が頭に浮かんだところで、目が覚めた。

全身を気だるさが覆っていた。この先延々、眠るたびにこうした夢を見るんじゃないか、という予感がして、僕は絶望した。

翌日も、その翌日も、まともに起き上がることができず、結局五日間、ずっとソファーの上にいた。

無音だとどうにかなってしまいそうだったけど、テレビをつけるのが嫌で、それならどうにかなりそうな状態でいることを良しとしようと思った。でも、それも意外と慣れるものだった。

食事は、宅配サービスを利用した。空腹はちゃんと感じるのに、情けないほどものが喉を通らず、毎回半分以上を残して捨てた。美紀に、きっと怒られるだろう。

たびたび、母からは留守電が入った。

母には美紀のことを、簡単にＬＩＮＥで伝えていたけど、葬儀の詳細は送っていなかった。もっとも、顔合わせの食事会をまだ開けていなかったので、母と美紀は結局会わず仕舞いだった。

留守電を再生すると、言葉になる前の母の息が、僕の鼓膜を揺らした。

「……昴。心配してます。混乱しとると思う……私もお父さんの時そうやった。ちゃんと食べとるか心配です。いつでもこっち、帰ってきて。待ってます」

お父さんの時、というのは父が死んだ時のことを言っているのだろう。父は通り魔にやられた。バイクでのひったくりが相次いでいたのだが、鞄《かばん》を引っ張られた時に抵抗をして、引きずられたことで父は命を失った。

母がいまの僕を心配するのも、もっともだろう。留守電のほかに、実家に帰ったらどうかというメッセージも、ひっきりなしにスマホに来た。

簡単に、大丈夫、とだけ打って電話は返さなかった。

他にも心配の連絡が色んな人から来ていて、大丈夫、大丈夫だよ、ありがとう大丈夫、まあ大丈夫だわ、とマイナーチェンジを加えながら、僕は機械的に返事をした。


下手な編集をした映画みたいに時間がいきなり飛んで、あっという間に仕事に復帰をする日がやって来た。

シャツに着替えようと寝室へ行くと、ベッドテーブルの上に置かれたアルバムが目に留まった。結婚式場の入口に飾るため、二人の幼少期の写真をまとめたものだ。中を見ることもなく、僕はそれを押入れの奥に放り込んだ。投げるような形になったのは、もう二度と見たくはなかったからで、押入れの扉を閉めると思った以上に力が入ってしまい、強い音が部屋中に響いて背筋が寒くなった。

気分を入れ替えようとシャワーを浴び、髭《ひげ》を剃《そ》った。鏡に映る自分はやけにさっぱりとしていて、やはり僕は大丈夫なんじゃないか、とも思えてきた。

マンションを出て道を歩き、電車に乗っても、その感覚は問題なく続いた。

向かったのは、東京駅八重洲《やえす》口を出たところにある、ホテルの一室だ。『はじめての精神世界』というラジオ特番の取材のため、カウンセラーの精神科医に一時間ほど時間をもらい、現場話を聞くことになっていた。取材をするのがホテルの部屋なのは、取材相手の澤田《さわだ》先生が普段は地方住まいで、仕事の関係から別部屋に滞在しているからだという。

僕と木下さんで、机を並べたりボイスレコーダーをセッティングしたり、取材の準備を進めていると、澤田先生が部屋に入ってきた。

写真で見るより、遥《はる》かに恰幅《かっぷく》が良かった。ジャケットを羽織ってはいるが、中はアロハシャツのような柄物で、ラフな恰好だ。

「お時間ありがとうございます。今日は取材、どうぞよろしくお願いします」

木下さんの挨拶に、「どうもどうも」と返したその声は軽く、どこか下卑ているようで、苦手なタイプだな、と瞬間的に思った。

挨拶や雑談もそこそこに、レコーダーのスイッチを押して、僕は取材を開始する。

「本日はよろしくお願いします。早速ですが、澤田先生のカウンセリングに対する基本的な考え方を教えていただけますでしょうか」

質問を聞き終わらぬうちから、澤田先生の口元が開くのがわかった。

「あのですね。カウンセラーってのは、相談相手と同じ目線にいなければいけません。私はただあなたの話を聞くだけですよと、まずは理解してもらうんです。私の言葉で相手を変えようなんてこと、思っちゃいけない。聞くだけなんですよ」

取材の度に答えてきた回答なのだろう。淀《よど》みなく話すその語り口からは、これを言っておけば間違いないんだという自信のようなものが垣間見《かいまみ》えた。

「私は四十年以上カウンセリングという仕事をやっていますがね。間違いないと言えることがあります。カウンセリングに来る人が言いたい、聞いてほしいことってのは必ずあるんですよ。私の仕事はそれを引き出して、導いてあげることです」

「なるほど」

相槌《あいづち》を打ったのは、木下さんだ。澤田先生はというと、あらかた話し終え、どうだと言わんばかりの表情だった。

「質問、よろしいでしょうか。あの……そんなに簡単に相手は、澤田先生が仰《おっしゃ》ることを、なるほどなるほどって、聞いてくれるんでしょうか？」

「え？」

眉《まゆ》を寄せる澤田先生に、構わず言葉を続ける。

「だって、関係のない誰かの言葉って、当人からしたら煩わしかったりするんじゃないかなって」

「ああ……当然時間はかかりますよ」

唸《うな》るように、澤田先生は言った。

「カウンセリングに、傾聴という言葉があるんです。何も言わずにまず耳を傾けるのです。とにかく一人にしないってことが大切ですから」

「一人にしない。なるほど。でも、一人でいたいほど落ち込んでいる人だっているでしょ」

自分の声が揺れているのがわかった。静寂がその場に居座り、少し冷静になった。僕は、カウンセラーという職業に、ある種の疑いのようなものを持っていることに気が付いた。この男は、何かを人に与える資格が自分にはあると思い込んでいる気がしてならないのだ。

「あの」

と、無理やり放り投げたような声が静寂を裂いた。

「カウンセリングに拒否反応というか。そういう方もいらっしゃるものなんですか?」

僕に代わるようにして、木下さんが質問を挟んだ。取材中、そういった言動を木下さんがしたことはこれまでに無かった。

「いらっしゃいますねえ。最悪の出だしというか。不信感からスタートです。しかし、それでも信じるのです。関係ない誰かだとしても、関係の再構築とでもいいますか。そういうのは出来るのです」

どうしてかわからない。澤田先生の言うことに我慢が出来ない。机上に置いたボイスレコーダーを、今すぐ壁に投げつけてしまいたいような衝動に駆られていた。

「ちゃんと相手のことを考えれば、何を言いたいかが見えてくる。相手の考えていることが、わかってくるんです。私はそれを、信じています。だからカウンセリングが出来るのです」

ボイスレコーダーをぶん投げたらどうなるかを、試しに想像してみる。澤田先生の身体は、どんな反応をするだろうか。変な声とか、出すんだろうか。カメラを持って来れば良かったな。相当笑える映像になるはずだ。惜しいことをした。この場合、笑えることが大事だ。後先ではなく、ただ笑えるものになるということだけが、窮屈さを解消する唯一の方法なのだ。

「何がおかしいんだよ」

木下さんの、声がした。どうやらもうすでに僕は笑ってしまっていたようだ。そのことに、また笑ってしまう。景色が歪《ゆが》んでいく。

「おい！」

やがて焦点が元に戻ると、澤田先生の、怒りを宿した顔が視界に飛び込んだ。

「どうしたんですか。先ほどから私の顔を見て笑ってらっしゃるんですけども」

「それはすみません。悪意はないんです。ただ、凄《すご》いなあと思って」

口の中に溜《た》まっていた唾《つば》を飲み込む。脳と言葉の回路がバグっている自覚はあったけれど、もうどうしようもなくて、思うがままに喋《しゃべ》り続けるしかなかった。

「断言できるのが凄いですよね。相手が何を考えているかなんて、わかるはずがないのに、澤田先生はわかるって仰るわけですから。いやあ、凄いですよねえ」

じゃあ先生、僕は今、何を考えているかわかりますか？　という余計な質問をせずに済んだのは、木下さんが立ち上がり、僕を部屋の外に連れ出したからだ。

「あとは俺がやるから……入ってくるな」

僕の肩を両手で摑んで、木下さんは口を真一文字に結んだ。その顔は怒っているというよりも、なんだか泣き出しそうにも見えた。木下さんは何も言わず、部屋の中へ戻っていった。

荷物を中に置いたままにしていたので、帰ることも出来ず、僕はホテルの中をうろついた。

エレベーターに乗って、無作為にボタンを押して止まったフロアを散策し、掃除の人とすれ違ったら、こんにちはと挨拶をした。歩きたいところをいつだって歩いてもよいのだ、と当たり前のことを思った。自由という、透明な箱のようなものにすっぽりと身体が包まれているような、そんな得意な気持ちにもなったのに、ホテルのエントランスに出ると、途端に気持ちが悪くなった。

トイレに駆け込んだけど、何も吐けず、胃液だけを吐き出した。

美紀に、電話をかけたくなった。とにかく話を聞いて欲しかった。

僕たちが一番苦手とするような、高慢なタイプのおじさんと仕事で会ったんだと、話をしたかった。

取材の間、僕がずっと美紀と話をしたくてたまらなかったことなんて、あんなやつにわかるはずがない。相手の考えていることがわかると言っていたけれど、僕のことを、あんなやつになんて知られてなるものか。

僕のことを知っているのは、美紀だけのはずだ。美紀だけが、僕のことをわかってくれているはずだ。それなのに。

それなのに――

「なんていうか……もう少し休んでもいいいんじゃないかな」

◇

次の日の夜、局の近くにある大衆居酒屋に木下さんが誘ってくれた。店主によるマグロの解体ショーが、カウンターで毎日開かれるのが売りの店だ。何度か来たことがあったけど、この日は入店したのが遅かったためショーは終わっており、腹を裂かれた魚が厨房《ちゅうぼう》に横たわっているのが見えた。

「無理はしてほしくないんだよ。いやあ……その言い方も違うと思うんだけどさ」

「本当に、申し訳ありません」

「今は無理してほしくない。台本も、別の人を当たろうと思えば、当たれるし」

「すみません。仕事は、ちゃんとやります。書き切りますので、お願いです。昨日は本当に、どうかしていました」

あまりに身勝手だと思いながらも頭を下げた。昨日のことを、とんでもない失態だったと振り返れるくらいには、僕は落ち着いていた。

「……でもそれこそ森下《もりした》くんも、誰かに診てもらった方が良いのかもしれない。病院とかじゃなくても、調べたらさ、色々あるみたいだよ。森下くんのような人が集まる会みたいなのが……」

木下さんがスマホで検索を始めたので、それを待っていると、注文していたマグロの刺身がやってきた。カウンター前に横たわっていた、あいつだろう。店員から皿を受け取り、僕はハイボールのお代わりを注文した。

「そうだ。グリーフケアだ」スマホを見ながら木下さんが言った。

どこかで聞いた言葉だ、と記憶を手繰り寄せ、すぐに思い当たった。斎場の控室で渡されたパンフレットに書かれていた。パンフレットは鞄に、丸めて仕舞ったままにしている。

「集まって、みんなで立ち直ろうとする会って言ったらいいのかな」

「立ち直るってなんか、ちょっと違う気がしますけどね」

「ごめん、言葉があれだけど」

木下さんが、敏感に反応した。まるで腫《は》れ物に触るようだと感じたけど、話を続ける。

「実は僕、父親が子どもの時に死んでるんですよ。言いましたっけ」

「そうなの？　聞いたことない」

「バイクで鞄、ひったくられそうになって。で、抵抗して、引きずられて。まあ通り魔ですね」

注文したハイボールが来たので、僕はそこで言葉を切った。息を呑《の》むように、木下さんは話の続きを待ってくれていた。ジョッキに口をつけ、軽く一口飲む。炭酸がピリピリと喉の細胞を殺していく。

「父親が死んで、母親の落ち込みようってのが酷《ひど》かったんです。誰からも放っておいてほしいって感じでした。特に目に見えて、ものが片づけられなくなって」

「片づけられない？」

「そうです。家がね、ゴミ屋敷になったんです。テレビで見るようなやつ」

ああ、と木下さんから声が漏れた。

「だから、立ち直るって、出来ないいんじゃないかって思うんですよね」

「お父さんの時、森下くんはどうだったの？」

「僕は小さかったので、あんまり覚えてないですね」

今度は一気に酒を流し込む。酔いが回り、全身の神経が宙に浮かんだようだった。

「実際に悲しんでる人ってのは、そういう場に行かないのかもな。ごめん」

「え？」

「いや、ごめん。俺いろんなこと全然わかってない。ごめんな」

なぜ謝られたのかわからず、不安な気持ちになった。

「ごめんって、何がですか？」

「それは。立ち直るとか、言っちゃったこと」

返す言葉に困っていると、木下さんは、ふうと息を吐いて立ち上がり、「煙草」と言い残して去っていった。

一人になると、すぐさま後悔が押し寄せた。

普段なら、こんなところで語気を強める自分ではない。やはりどこかおかしくなっているのだろう。でも、何をどうすれば良いのかわからない。こうすれば良いという手引きを渡されたら、たとえそれが嘘っぱちだとしても、その通りに従って楽になれたりするのだろうか。

居酒屋を出て木下さんと別れ、酔いを覚まそうと何かをする。実際には、単に地面に座り込んだだけだ。それなのに思考ばかりがぐるぐる巡り、何か大それたことをしているような気になってしまう。

今、自分が置かれているのは、どういう状況なのだろう——そんな簡単なことが、わからなかった。もう、わからないことばかりだ。

美紀がいなくなったことをどう受け止めて良いのか、わからない。

悲しいのか、悲しくないのかさえもよくわからないから、うまく悲しめないというのが正しいかもしれない。

ひょっとすると、生き方には正しさというのがあるのかもしれない。美紀がいなくなるその日まではあった正しさを、僕は突如として見失ってしまった。

そしてそれを新しく見つける自信も、またうまく悲しめる自信もない。

途方に暮れる気持ちがして、時計の針をゼロに戻して、正しさをやり直したいと思った。

いっそ、一つ一つをやり直していくことは出来ないだろうか。壊れてしまった自分の精神や情緒すべてを分解して、丁寧に洗って、不要なものは処分して、それからまた冷静に組み直していく。どれだけ時間がかかってもいい。そうすることで大事なものが埋まっていき、ようやく正しさというものに辿り着けるのではないか。

アルコールが回る。肉体が邪魔で鬱陶《うっとう》しい。僕は精神にすべてを集中させる。正しさにめぐり会えた時、何が起こるのだろう。

まさか、また美紀に会える——とまでは思わない。

けれどこれから生きていくには、そのやり方しかないように思えた。許しのようなものや、安らぎに出逢《であ》える予感を抱ける温かい場所に、僕が辿り着けるたった一つの方法。それが、これまで生きてきたすべてを壊してやり直すということ。それならいっそ、自分の意識さえも消滅するくらいに、壊してしまいたい。

——呼ぶ声が、聞こえた。僕を呼ぶ声だ。

「誰?」

訊いても返事がないから、声の相手は美紀だと思い込むことにした。消滅への第一歩は、なるほど思い込むことから始まるのかもしれない。名案だ、と僕は思った。美紀のことを思い浮かべると、脳がゆっくり溶けるように柔らかくなって、意識は完全に遮断された。

眠っていた僕を起こしてくれたのは、工事現場の作業員だった。

「はい、代わりますね。勝手に触ったんじゃないんですよ、かかってきたから」

作業員は僕にスマホを渡し、うんざりしたように去っていった。

「昴」

電話口から聞こえてくる声は、震えていた。

「ちょっともう、なあ。お願い、私の言うこと聞いて」

声の主は、母だった。

「昴」

母はもう一度、僕の名前を強く呼んだ。

「……帰っておいで」

「うん」

「私、もういてもたってもいられなくて。東京行こうとしてるの。いま、車の中」

「大丈夫だよ」

「迎えにいくから」

工事現場の赤色灯がまぶしかった。ゆるゆると腕時計を見ると、深夜一時を過ぎていた。

「いいよ……普通に電車で帰るから」

「いつ？」

「週末には」

「待ってるよ。必ず。約束して」

「……うん」

「必ずよ」

頭が激しく痛んで、電話を切っても、しばらく起き上がれなかった。

昼間に熱を吸い込んでいたであろうコンクリートはちょうど良い温度で、横たわって身体を丸めると、まるで自分の居場所であるような気さえした。

薄く光る路面から、少し顔を上げると排水溝が見えた。

なんとはなしに這いつくばって移動して、中を覗《のぞ》き込んだ。渦のようなものが見えるものと期待したけど、そこには完全な暗闇だけがあって、鼻を突く汚臭に、僕は突如嘔吐《おうと》した。逆流する肉体。それとは裏腹に、不思議と心は和らいだ。肉体を拒絶する感覚こそ、僕が求めていたものに近かったのかもしれない。

——火葬場で拾った、美紀の骨のことを思い出した。

美紀がいないのは、美紀の肉体が無いからだ。「当たり前だろ」声が出た。震えていた。

近くを自転車が、物凄いスピードで通過していった。たじろぎもしない僕は、もはや生きているのかさえもわからない。少しの油断でたちまち底が抜ける穴に落とされたようだ。

どうして自分が、こんな目に遭わなければいけないのだろう。

いったい、自分が、何をしたというのだろうか。何か自分は、気付かないうちに酷いことをしてしまって、これはその罰を受けているのだろうか。

夜の帳《とばり》にもたれかかり、僕はその場で、もう少しだけ眠った。緩慢として進まない時間の針を、少しでも前へ進めるために。

◇

乾いた風が首元を掠《かす》め、秋が深まっていく匂いがした。もうすぐ、美紀の好きな金木犀《きんもくせい》が香る季節がやって来る。

母からの電話を受けた翌週、実家がある岐阜県の飛驒《ひだ》市に向かうべく、東京駅から新幹線に乗った。週末なので車内は混雑していたが、富山駅を経由してローカル線に乗り換えると空《す》いており、窓際の席に座ることが出来た。

母と電話で約束したとはいえ、本当は実家に帰りたくはなかった。というより、何もしたくなかった。動くことさえ億劫《おっくう》なのに、それでも部屋を出たのは、少しでも油断すると、美紀との思い出が部屋中を覆い、息さえ出来なくなるような気がしたからだ。僕は何も考えず、荷物もほとんど持たずに出てきてしまっていた。

高校卒業を機に東京へ出てからは、片手で数えられるほどしか、実家に帰っていない。たしか前回は、三年前の正月だった。

その時も、家の中はゴミ屋敷だった。きっと今も変わらないのだろう。

特に台所と居間は、足の踏み場もないほどに酷《ひど》いはずだ。段ボールや書類などが散乱しており、冷蔵庫や電子レンジなど、毎日使うものへのみ辿《たど》り着ける僅《わず》かな隙間だけが、床から顔を覗《のぞ》かせている状態だった。生ものはすぐに捨てていたので、汚臭こそしなかったけど、長年窓を開けていない部屋独特のかび臭い匂いがした。

　母親には、依存症のように服を買い込む癖があって、とにかく金を物に換えたがった。そして高いものではなく、安いものをたくさん買いたがった。二階の寝室には、すぐにでも店を開いた方が良いような量の服が押し込まれ、ラックやタンスにも入り切らず、床を埋め尽くした。

　高校生になる頃、僕は遂に看過できなくなり、なぜそんなに服を買うのかと直接問い詰めた。

「それの何が悪いのよ」

　と、母はみるみる不機嫌になった。

「ゴミが増えてるから言ってるんだよ」

　僕が切り込むと、

「あんたが家のこと手伝わないからこうなるんでしょう」母はヒートアップした。「生協から届いたものを運んだり、段ボールを片づけたりするの、もとはお父さんがやってくれてたんよ。本当は男がやる仕事でしょう。それくらいのことやってよ。本当に気が遣えないのね。お父さんはそんな性格じゃなかったよ」

　釈然としなかった。父がこの世を去ってもう十年は経っていたからだ。

　それに片づけられないことを、まるで全部自分のせいにされたようだった。

　何があっても家事を手伝わないと、あの時の僕は決めた。

電車がトンネルに入った。視界が暗くなり、またすぐに明るくなる。車内販売のワゴンが隣を通っていった。

美紀には、母の話をするのを避けていたけど、いざ結婚するとなると紹介しないわけにはいかず、母と美紀と三人の食事会を、来月に名古屋で行うはずだった。

二人が打ち解けて、仲良くなっている様を僕は想像した。母は、見た目には綺麗《きれい》な恰好《かっこう》をしてくる人だし、社交も得意な方だから美紀とうまく話せたかもしれない。

「なんかね、お母さんが週末に東京来るらしくて、ランチに誘ってもらったの」

と話す美紀の声が、耳の奥で再生された。

美紀はよく、「なんかね」と言う人だった。楽しい時ほど、その口癖は目立って多くなった。

「なんかね、昴が言うほど、お母さん変な人じゃないよ」

列車がまたトンネルに入り、耳元でぶわっと大きな音がして驚いた。

現実に引き戻されてしまったことで、想像力のようなものが霧散してしまった。慌てて美紀の声をもう一度再生させたけど、その状態で聞こえた「なんかね」には、無理やり言わせてしまったような感じがあった。

申し訳なさを感じて、僕は車窓に目をやった。もうすぐ、目的の駅に着くはずだ。

と——美紀がいた。

美紀が、座っているのが見えた。

通路を挟んだ向かい側に、美紀が座ってこちらを向いている。それが、窓に映っている。目を疑ったが、疑っても尚《なお》、美紀は窓に映っている。

「え」と声が漏れ、同時に列車がトンネルを抜けた。

窓に光があたって、美紀が薄くなった。僕は慌てて、向かい側の席へ視線を移動させた。

美紀はいない。誰も、座っていなかった。

辺りを見回したけど、席の前後にも乗客はおらず、誰かと見間違えたということもなさそうだった。

窓に目を戻すと、自然豊かな緑の木々がガラスのむこうに見えるだけだ。

幻影だったのだろうか。美紀のことを考えていたため、見てしまった幻。あるいは、幽霊かもしれない。窓に映った僕を見つめる美紀には、妙に現実感があった。

呆然《ぼうぜん》としているうち、列車は目的地の飛騨古川《ふるかわ》駅に到着していた。


ホームに降り立つと、東京よりも幾らかひんやりとした空気が、肌を覆った。

有人改札から待合所を抜ける。駅舎を出たところ、ひさしの下で母が待っていた。

「昴！　お疲れ！」

目が合うよりも早く、母は僕の小型スーツケースを、奪い取るように持ってくれた。

「行こう。そこの駐車場に車あるから」

そう言って歩き出す、母の足取りは軽そうに見えた。

僕は依然、列車での出来事を、反芻《はんすう》していた。美紀が見えたという確信と、そんなはずはないという理性が、ちょうど半分ずつせめぎ合っているようだった。

駅横の広い駐車場に着くと、母は車に向かって一直線に歩いていった。黄色の車が一台、停まっている。見慣れない車だ。外車のように見えたが、ハンドルは日本車と同じく右側についている。

「買ったんやよ、中古やけど。仕事で使うからね」

トランクにスーツケースを入れながら、母が教えてくれた。

「前に帰った時は休んでるって言ってたけど。仕事、戻ったの？」

助手席に乗り込みながら、僕は訊《き》いた。

「前おった病院に紹介してもらってまた働き始めたよ。基本は病院勤務やけど、家に往診したりとかな。訪問診療って知ってる？」

「知ってると思う。訪問して診療するやつ」

「そのままじゃない」

母は笑いながら、車にエンジンをかけた。人工的な果実の香りがしてきて、落ち着かない。エアコンの吹き出し口を見ると、芳香剤が置かれていた。

「働き手が不足してる時代だとかなんとかで。おばさんになってもな、ちゃんと求められることあるんやよう」

妙に落ち着かないままで、車が動き出す。

家に着くまでの十五分、母は仕事の話など近況を喋《しゃべ》っていた。

僕は気が散ってしまい、うまく相槌《あいづち》を打てなかった。これまでに感じたことのないエンジンの駆動が、シートの下から肉を貫き、腹の底を揺らしてきた。それは恐ろしく速く動く乗り物に乗っているのだという事実を、わざわざ伝えにきているように思えて恐かった。

なにか別のことを考えようとして、列車での出来事に思いを巡らせる。やはり美紀を見たのは、気のせいだったのだろうか。

汗が噴き出てきて、窓を開けた。僕の様子に、母は気付かないようだ。長い十五分だった。

トランクを出すため、車をガレージに入れるより先に家の前で降ろしてもらった。

三年ぶりの実家だ。

僕が生まれた年に父が建てたというから、家は同い歳の建物らしい。築年数はそれほどでもないのに、見た目は典型的な木造の日本家屋で、拘《こだわ》ったという濃い黒の出格子が妙に古めかしい。造りとしては長屋で、冬に雪が積もりやすいため、この地域にある多くの家と同じように屋根が道路の溝の上まで飛び出している。敷地面積としては、母が一人で住むにはかなり広いだろう。

どこか様子がおかしい――と、玄関の扉を開けて、すぐに思った。一瞬、入る家を間違えたような錯覚を覚えた。そんなはずはないと冷静になり、玄関を見回した。

家の中が、綺麗すぎるのだ。

窓からの光が気持ちよく床を揺らしていて、玄関から廊下の奥、家の突き当たりまで視界が開けている。

玄関にはサンダルのほか、母の靴だろうか、見慣れない小さなスニーカーが置かれていた。かつては段ボールの類《たぐい》や、生協から届いた食料品などが雑に置かれていたのに、綺麗に無くなっている。

玄関をあがっても、見ず知らずの他人の家に入るような感覚は拭《ぬぐ》い切れなかった。

そして台所と居間を覗き込み、僕は唖然《あぜん》とした。空間が、がらんと広かった。埋まっていたはずの床が、すべて顔を現していたのだ。

冷蔵庫や電子レンジなど、生活に最低限必要なもの以外、ほとんどの物が無くなっている。モデルルームと呼ぶにしては、床や壁、家財に年季が入っていて、それがこれまでどの部屋にも感じたことのない、ある種の奇妙さを演出していた。あまりに物が少ないから、食卓机、ソファー、スタンドライトなどについては、ある、というよりも置かれている、という感じがした。冷蔵庫や掃除機などは、新しく買い替えたのであろう。見慣れない、いかにも新型というものばかりが並んでいた。

居心地の悪さからその場を離れて、僕はとりあえず、二階の自分の部屋へ向かうことにした。あまりに自分の家じゃないみたいだったから、「僕の部屋は二階だよな」と、心の中で呟《つぶや》きながら、階段を上がった。

けれど、混乱は続いた。

二階に上がってすぐ右手にある、自分の部屋へ入ろうとドアノブに手をかけた時、背後に人の気配、そして「えいっ」という声がした。

「えっ」という僕の声は、喉《のど》がしめつけられ、息となって口から漏れた。

恐る恐る振り向くと、廊下の突き当たりに人がいたのだ。見知らぬ女性だった。

ノースリーブのシャツ、腕に朱色の花柄の刺青《いれずみ》。ジーパン、後ろでくくった髪、腰元には上着を巻きつけており、潰《つぶ》した段ボールを足で押さえつけながら紐《ひも》で縛っている。細身の体つきで、まだ二十歳前後じゃないだろうか。

彼女は僕に気が付かないようで、「よいしょおー」と、祭りの音頭のような声を上げ、段ボールを縛り上げていく。僕はその場から動けず、彼女の作業が終わるのを見守る形になった。

そうしているうちに今度は「えいえいえい」と、謎の呪文《じゅもん》を発しながら彼女は紐を結び始めた。手際良く作業を終えると、前屈《まえかが》みの姿勢のまま顔を上げ、ようやく僕と目が合った。

普通ならば向こうも、僕の存在に少し驚いたり、あるいは「こんにちは」と、挨拶《あいさつ》くらいしてくれるものだろうが、

「え？」

というのが、彼女の放った第一声だった。

「あの、どなたですか」ひるみながらも、僕は質問をぶつける。

すると、

「すみません。あの自分、目が悪くって。誰ですか？」

と、逆に訊き返されてしまい、面食らった。

「この家の、息子といいますか……その、帰って来たんですけども」

しどろもどろに答えると、

「ああ、今日だったんですね。ちわっす」

そう言って、彼女は自分の作業に戻ってしまった。訳がわからないと思いながら、僕は自分の部屋へ逃げ込んだ。とにかくベッドで少し横になろう。そこが唯一の安息の場所のはずだ。

けれど、期待はすぐに裏切られた。

室内には、段ボールが雑然と、床の上、はてはベッドの上にまで置かれていたのだ。

居間で見た光景とは、まるであべこべだ。

三年前、自分の部屋は綺麗にして出たはずだと思いながらその場に立ち尽くしていると、後方でバタンと大きな音がした。

「すみません、廊下の荷物置いちゃってて」

廊下にいた彼女が、ノックもせずに部屋に入ってくる。

そして僕の隣を素通りして、床の段ボールを、「よいしょおー」と、また独特の節回しで持ち上げ、廊下へ移動させ始めた。あらゆる疑問が浮かんで混乱したけど、

「すみません。どちら様でしょうか」

と、まずは根本的な質問をすることに成功した。

しかしなかなか返事がなかった。背中に汗が滲《にじ》むのが、自分でもわかった。

長い間が横たわった後でようやく、

「え、私ですか？」と、彼女は言った。

他に誰がいるんだという返しは飲み込んで、僕は黙って頷《うなず》いた。彼女は動かす手を止めず、

「あー。私、便利屋ですよ。ちょっと前に洋子《ようこ》さんと知り合って。家の中片づけてくれって頼まれて」と、続けた。

ようやく、納得のいく答えが返ってきた。洋子とは、母の名前だ。

「なるほど……じゃあ一階も、掃除してくださったんですか」

「はあ。そうですけど」

重なった疑念が、一気に晴れる気がした。

母は、僕の知らないうちに便利屋を雇って、家の中を片づけたのだ。そして僕の部屋の段ボールについては、彼女の言う通り、廊下のものを一旦《いったん》置いていただけだったのだろう。

「お名前はなんと仰《おっしゃ》るんでしょうか」改めて僕は訊いた。

微妙な間の後に、「は？」と返されたが、もうひるまない。この人は、愛想だとか社交性だとかのすべてを、ゴミと一緒にどこかで捨ててしまったのかもしれない。

「あの、お名前は」僕はもう一度訊いた。

「ヨシダドウです」

「え？」

「吉田堂」

予想外の答えに、やっぱりひるんでしまった。そんな名前の人がいるのだろうか。

「なんですか、それ」

思ったことをそのまま僕が訊くと、

「お店の名前です」

と返ってきて、ひとまず納得する。が、もちろん訊いているのはそれではなかった。

「伺いたいのは、あなたの名前です」

どうしてそんなことを訊くのか皆目わからないという顔をして「翠《みどり》ですけども」と言い残し、彼女は去っていった。どうしてそんな顔をされるのか、僕にも皆目わからない。


完全に調子を狂わされてしまった。自室にいても手持ち無沙汰《ぶさた》で、なんとなく階段を降りると、廊下の突き当たりのトイレから水の流れる音がした。

階段下で立ち止まっていると、「うおーい」と野太い声が聞こえた。そしてすぐさま、ツナギ服の男がトイレから出てきた。

目が合うと、男は明るく「ちわっすう」と言い放った。それがまるで長年の知り合いに向けたような口調だったから、僕も思わずちわっすと返しかけたけど、感情としては驚いているというのが大きかったから、間違えて「あわっす」と返事をしてしまった。

この男は誰だという疑問はもちろん湧いたけど、彼もまた便利屋なのだろうという推測も同時に浮かんだ。歳は四十歳くらいだろうか。白いTシャツに、ツナギの上半身は腰に巻いた出《い》で立ちで、いかにも作業者然としていた。

「あ、トイレ使う？　今入ったら臭いよ」

言うや否や、男は再びトイレに入っていった。すぐに、小窓を開ける音が聞こえた。

「これで大丈夫」

男がなぜか自信たっぷりに出てきたので、トイレを使うつもりは無かったのに、「どうも」と、僕は小さく頭を下げてしまう。すると男は満足そうに、鼻歌を口ずさみながら、僕の脇を抜けて居間の方へ消えていった。

「ご飯、食べてく？」母の声がした。

「あ、いいすかね。手伝いますよ」と、男の声。

「助かる。手、洗ってね」

「大丈夫。今洗ったとこっす」

彼がさっきの短い時間で、手を洗ったとは到底思えなかった。

絡まれるのがなんとなく面倒で、僕は靴を履いて玄関を出た。

生前の父が日曜大工をやっていたガレージにふらっと向かうと、さっきの女性が作業をしていた。大量の段ボールや家具などが、綺麗に並んでいる。彼女が片づけてくれたものだろう。

「すごい量ですよね」

こちらをチラッと見やった彼女に僕が言うと、

「そうっすね」と、返事をしてくれた。

「いつから、片づけ出したんですか？」

「二ヶ月前ですかね。空き家だったら、五人とかで三日くらいやるんですけどね。洋子さん住んでるから、まあちょっとずつって感じで」

「なるほど」

二階で会った時より、彼女とまともに会話の出来る気配があって安堵《あんど》した。先ほどは向こうも、僕を警戒していただけだったのかもしれないと思い直した。

「あの、家の中に男の人がいたんですけど。あの人もそうですよね？　作業着を着た人とさっき、家の中ですれ違って」

「彼氏です」

「え？」

「彼氏です」

「……誰の？」

自分でも軽率な質問だと、言ってすぐに後悔した。

「私のですけど」眉《まゆ》をひそめる彼女に、僕は慌てて謝った。

「……すみません。じゃあ、彼氏さんは、便利屋さんではないのですか？」

「本当は違うんですけどね。バイトで手伝ってもらってます」

「なるほど」

「それがどうしました？」

「いえ、特に」

「そうですか」

怪訝《けげん》そうな顔のまま、彼女はガレージを出て行った。その後も、僕はしばらくその場に留《とど》まった。

段ボールや家具に、目をやると、十年以上の月日があっけなく積まれていて、それは母の人生の軽さのように思えて辛《つら》かった。


僕と母、先ほどの女性の翠さん、そしてトイレ前ですれ違った男の四人で夕食を囲むことになった。男は、牧田《まきた》と名乗った。

テーブルには、豪勢な母の手作り料理が並んだ。サラダ、こもどうふ、唐揚げ、ポテトフライ、ステーキ。

父が亡くなって、母と二人で摂《と》る食事に楽しさを感じたことはなかったのだけど、それは母が料理の手を抜いていたからではなく、単に二人しか食卓に居なかったからだったのだ、ということに気付かされるくらい、四人の食卓は自然と会話が生まれてにぎやかだった。

一番喋るのは、やはり牧田さんだった。

彼は中学を出た後、高校には進学せず飛驒で就職するも、仕事がうまくいかず、新天地を求めて二十数年前に大阪へ出たという。しかし仕事先の工場が倒産。散々な目に遭いながらも昨年、こちらに戻ってきたという話を、身振り手振りを交えながら語ってくれた。

今はアルバイトを掛け持ちする生活で、翠さんとは付き合い始めて半年になるそうだ。

おまけに彼は持病を抱えており、母が診察を担当しているらしかった。

翠さんと母が出会うまで、実のところ牧田さんは、病院に通っていなかった。症状はあったけれど、労働環境が悪いせいだろうと大事《おおごと》にしていなかったのだという。翠さんが母と知り合ったのをきっかけに、牧田さんを紹介し、診察を経て持病が発覚した。

「彼氏がよくえずいたり咳《せ》き込んだりするんですよって洋子さんに言ったら、すぐ連れておいでって。それでこの人引っ張って病院行ったら、ちゃんと検査してくれたんですよ」

表情こそ変わらないけど、翠さんは母に感謝の気持ちを抱いているようだった。

「ほんとに。うちの病院に来てくれてなかったら、将来命に関わっとったよ。ねえ牧田くん、お酒、ちゃんと控えとる？」

「もちろん」

酒を飲む動きを手でしながら、牧田さんはげらげら笑う。その手を、翠さんがぱちんと叩《たた》いた。

「毎日見張ってるんですけどね。見張れない日は、飲んでるかどうかわかんないです」

「もう、俺の人生、映画になるわ！」

口ぶりこそ大袈裟《おおげさ》だが、人懐っこい牧田さんの笑顔には、誰からも好かれるであろう愛嬌《あいきょう》があった。

「翠はキツいんですよ。この前なんか、ノンアル飲んでたのに、アルコールと勘違いされて。

もう鬼のような顔してバッと奪い取って。血出たんすよ、血。缶の縁を唇にぶつけて」

牧田さんのエピソードトークにも、翠さんは頬を少し緩める程度だ。それは二人の仲の良さを表しているようでもあった。

時間が進むにつれて人となりもわかってきて、二人のことを僕は憎めないような気持ちになっていた。これまで会ったことが無いような二人だけど、少なくとも悪い人たちではなさそうだし、なにより食卓での母は、笑顔で楽しそうだった。


二人が帰っていくと、急に家の中がしんとしたように感じた。

私がやるからと母は言ったけど、皿洗いは僕がやった。なにも考えなくて良い単純作業は、大事なものが整理されていくようで気持ちが落ち着いた。

一枚一枚丁寧に洗いながら、考えるのは母の生活の変化についてだった。

二ヶ月前に便利屋を雇おうと気持ちが動いたのは、僕が原因だろう。ちょうど三ヶ月前に、電話で結婚のことを伝えたのだ。

美紀と付き合っていたことさえ特に話してはいなかったから、驚きながらも祝福してくれたけど、きっとその後、彼女なりに考えて、家の片づけを始めたのだろう。

夫の実家へ妻を連れて来る、みたいな古風な習慣を、母は大事にする人だ。当然、ゴミ屋敷の状態では、僕が美紀を連れて帰れるはずはない。それでは自分を許せないと思ったのかもしれないし、あるいは単に、美紀に対して恥ずかしいところを作りたくなかったのかもしれない。

いずれにせよ肝心の美紀は居なくなってしまい、目的は果たせなかった。けど、家はしっかりと片づいた。それは、悪いことではないはず。むしろ、歓迎すべき変化だ。

皿洗いを終えて、僕は手短にシャワーを浴びた。

早く寝てしまおうと二階へ向かいかけたところ、廊下で母とすれ違った。以前使っていた二階の寝室ではなく、母は一階の仏間に簡易的なベッドを置いて寝ているようだった。

「大丈夫？」

と訊かれて、僕が頷くと、

「明日もたくさん食べてよ」母は微笑んだ。

たしかにこの日、僕はたくさん食べた。満腹感が、まだ腹の中に残っている。

「うん。おやすみ」

「おやすみ」

立ち去る僕の背中に投げかけられた母の言葉は、どういう経路を辿ったのかはまったくわからないけど、心の柔らかい部分を確かに温かくした。つん、と鼻の奥が引っ張られる感覚があった。冴《さ》える頭とは裏腹に、呼吸が浅くなっていて、泣きそうなのを堪《こら》えているのだと気が付いた。

田舎で独り、寂しく暮らしているのだと決めつけていたのが、間違っていた。

たしかに母は、人生の一歩を踏み出していたのだ。

自室のベッドに入ると、僕はいつもの癖で、今日目が覚めてからのことを振り返った。どんなに疲れていても、一日を生きた実感を持ったまま眠りにつくのは幸せなことだ。明日からも毎日を真摯《しんし》に刻んでいけば良いと思えて前向きになれる。

目を閉じると、なにかに許されたような気さえした。腕組みを解いて、全身の力を抜いていく。意識が揺らぎ始め、心地いい波間に揺れているような感覚が訪れた。

——このまま、ゆっくり眠ろう。

そう思った刹那《せつな》。

瞼《まぶた》の裏の暗闇に、美紀が朧気《おぼろげ》に現れた。途端に胸が苦しくなった。

美紀はこちらを、物憂げに見つめていた。早く美紀に、何か言わなきゃ。でも、何を言えばいいのだろうか。美紀はいま、何を求めて僕を見ているのだろうか。目を閉じたまま、僕は考え始めた。

気持ちが和らいだところで、その答えが見つかる訳ではない。一瞬でも、やはり安らぐべきではなかったと、数秒前の自分を責めた。

そういえば——

昼間、こちらに帰ってくる列車の中で、美紀を見たのだった。窓の中、僕の方を見つめる美紀が、あまりに強く脳裏に焼き付いている。

目を開けて、上半身を布団から起こし部屋を見回した。

——暗闇に、美紀が立っている。ということは、無かった。

視界が捉《とら》えたのはただの薄暗い空間だ。背筋になにか冷たいものを感じてしまい、再び布団に潜り込んだ。僕はもともと怖がりで、それは美紀もよく知っているはずだ。僕を怖がらせるようなアンモラルなことを、きっと美紀はしないだろう。

そこでふと思い出したのが、試しにホラーを見ようとなって、流行《はや》っていた幽霊映画を一緒に、配信で見た時のことだ。

ルールは、怖くてもうダメだと思ったタイミングで視聴をやめること。

結果は、僕の方が先にギブアップした。怖いもの見たさという言葉は、僕の辞書には載っていないことがわかった。続きを見たいと言う美紀のことが信じられなかった。

次の日帰宅して、何気なくテレビをつけると、映画のエンドロール画面が表示された。仕事が休みだった美紀は、どうやら一人で、最後まで見たらしかったのだ。

「怖かった？」と訊くと、

「なんかね、全然面白くなくって」

と、いかに面白くなかったかを美紀は嬉々《きき》として教えてくれた。美紀の辞書には、怖いという言葉が載っていないようだった。あまりに懐かしい思い出。

それならば——美紀は幽霊になることに抵抗がないかもしれない、と僕は思い直した。

枕元に立っている美紀、というのを想像する。けれど、やっぱり怖いから見たくない。怖いものは嫌いだと、もっとあの時アピールしておけば良かったと僕は後悔した。

もし美紀に会えるなら、今日のように昼間が良いし、かつ突然ではなくて気持ちの準備が出来ている時にして欲しい。

けれどせっかく出てきてくれた美紀に目も合わさず、今は会いたくないと告げるのも、なんだか酷な気がした。それじゃまるで、別れ話の時みたいだ。

だから僕は、「おやすみ」と、とりあえず声に出して美紀に囁《ささや》いてみた。

返事は無いけど、その言い方だけで、美紀は僕の言いたいことをわかってくれるだろう。

僕たちはそれくらいの関係だったという自信がある。というのも、一緒にいてたとえどんなに空気が悪くなっても、どちらかが必ず「おやすみ」と言ってから眠ることにしていたからだ。

たとえば喧嘩《けんか》をした後の「おやすみ」には、これ以上話すことも気にかけることもないけれど、存在を認識し合っていることだけは確認しておこうね、という意味を込めた。身体を重ねた後の「おやすみ」は、恥ずかしくなるくらい甘い声で、愛《いと》しさを精一杯に含めて言い合った。

この習慣は、美紀が作り出してくれたものだ。

たしか、付き合ってはじめて泊まりがけで遠出をした時。僕たちは一泊二日で、静岡の温泉に出かけた。

レンタカーを借りて、運転は僕がした。美紀は運転免許を持っていなかった。

行きは楽しみが勝ったのでなんの問題もなかったのだけど、帰りはそうもいかなかった。僕は、気を張って疲れていた。慣れないベッドでうまく眠れなかったのもあったし、長時間の運転で集中力が切れかけていた。カーラジオを付けようにも、電波が悪いのかよく聞こえなかったし、挙句には高速道路で渋滞に巻き込まれた。

僕の気を紛らわそうと、美紀は助手席であれこれ話題を探してくれたけど、それもそのうち尽きて口数が減った。僕は本格的に眠くなった。

やっと車が動き出して首都高に乗った矢先、美紀はナビを間違えた。それまで左だとか右だとか、グーグルマップを見ながら方向を言ってくれていたのだけど、右車線を走っておくべきところで美紀は指示を飛ばしてしまい、大いに迂回《うかい》せざるを得なくなった。

僕は不機嫌になってしまった。何かを話すと刺々《とげとげ》しくなってしまいそうで、黙った。

車の返却が遅れることをレンタカー屋に電話したりしながら、美紀は必死に謝ってくれた。部屋に帰ってからもずっと申し訳なさそうな顔をしていて、小さくため息をつく美紀に、良いよ良いよと宥《なだ》めつつも、

「道を間違えたことよりさ、車内で黙ったことを、次はなんとかしてほしい」と、僕は言った。「僕の仕事まわりの人だったら、たぶんずっと喋ってくれてるよ」

そう言ってすぐに、しまったと思った。美紀の顔から色が失われた。冗談のつもりだったけど、言葉に刺があったことは自分でもわかった。

「それはラジオの人だからでしょ。ごめんね。私、喋るの下手で」

慌てて、今度は「ごめん」と僕の方が謝ったけど、美紀は拗《す》ねたように黙り込み、ベッドに向かった。

どうしたら良いかわからず、仕事をするふりをしながら時間をやり過ごしていると、美紀が

布団から顔を出して、「おやすみ」と言った。いつもより低い声だった。少し泣いているようにも聞こえた。

僕は、美紀に謝った。

これからも一緒に過ごしていくのに、怒ったり不機嫌になったりする時間を長引かせることに、なんの意味もないと気が付いた。どちらが悪いとか、何が悪いとかを決めることなんかより、一緒に生きていくための心の余裕を持つことの方が、よっぽど大事なのだと知った。

あの夜、美紀はどう思っただろう。仕方ないと、許してくれていたのかな。

今から思えば、美紀は本当のところでは僕を許していなかったのかもしれない。

付き合っていく時間が増えるほどに、たしかに喧嘩の数は減っていった。それは、お互いの嫌なところを反省し合ったおかげと僕は楽観視していたけど、実際のところ美紀がずっと我慢をしていただけだとしたら。

美紀は自分勝手な僕への不満を、その都度、許すとはまた別のやり過ごし方で、僕に見せないでくれていたのかもしれない。そう思うと、そんな気がしてならなくなってきた。

自分勝手な人だと、僕は面と向かって言われたことがある。

これは美紀ではなく、大学生の頃に少しだけ付き合っていた子から。その子が写り込んだ写真を、ＳＮＳに僕が投稿した時のことだ。そのことで、口論になった。

写り込むと言っても、その子の顔は写っていない。遠目に背中が写っている写真だった。たしかデートでワイナリーに行ったとき。景色を撮ろうと思ったら、彼女が遠くに写った。

君だって誰もわからないよと僕が言うと、そういう問題じゃない、と返された。どうして、と本当によくわからず訊くと、私は写真に写るのも、SNSに投稿されるのも嫌いで、そこに理由も何もない。理由はないのだから、どうしてと訊かないで欲しいと言われた。なんて勝手な人だ、と僕は腹を立てた。そんな僕を見て、その子は「自分勝手な人だね」と言った。僕は驚いた。話の通じない子だと思った。

美紀は、そんなことを言う人ではなかった。それが良かった。嫌なことがあったとしても、理由をちゃんと言葉にしてくれて、おまけに物腰が柔らかくて、僕も受け入れやすかった。だから僕も、素直に自分の考えを言うことが出来た。それが――

そこまで考えて、突然胸が苦しくなった。もしも美紀が、物腰が柔らかいだけで、僕のことを自分勝手な人だと思っていたとしたら。僕への指摘が減ったのは、僕が改善出来ていたからではなくて、ただ単に諦《あきら》めていただけなのだとしたら。

美紀は、僕の色んな事を我慢してくれていたんじゃないか。一方で僕は、どれほど美紀のことを考えていたのだろうか。自分のことしか考えていなかったんじゃないか。恐ろしい気持ちがしてくる。

そんなはずはないと、とっ散らかった思考を遮断するように、僕は「おやすみ」と言った。思わず出た甘い声とは裏腹に、気持ちは濁った。

「おやすみ」

僕はもう一度呟いた。今度ははっきりと、美紀に言うように。けれど、声はよそよそしい部屋の壁に、音もなく吸い込まれていった。どうすることも出来なかった。瞼の裏の美紀は、もういなくなっていた。

◇

実家にある自分の部屋というのは、仕事をするには窮屈だった。高校生の頃までは、その手狭さこそが、自分の城という感じがして好きだったのに、大人になると感じ方が変わってしまっていた。

試しに一階の居間で作業をすると、気分が幾らか上向いた。日中は母も仕事でおらず、まとまった時間、集中することが出来た。

そんなものだから、東京へ帰るのは先延ばしにしようと決めた。レギュラーの仕事が二件あるけど、オンラインで打ち合わせをすれば内容を把握できるので、問題はなかった。ただ、特番『はじめての精神世界』の構成台本については、澤田先生とのこともあって、なかなか作業に着手できずにいた。

僕が構成作家に興味を持ったのは、大学の頃にアルバイトでラジオ局のＡＤをしていたのがきっかけだ。作家のスクールみたいなところに在学中から通って、業界とのコネクションを作った。大半の構成作家志望者がそうであるように、本当は人気芸人が担当する番組の作家になりたかったけど、文章力のようなところを買われてお堅い感じの番組をもつようになった。最初の二年はあらゆる仕事に慣れず四苦八苦したのに、今では要領を摑《つか》んで、ある程度楽に台本を書ける。ただ、中には相性の良くないジャンルのものもあり、今回の特番については引き受けた時から、難しい仕事になるだろうと予感していた。

番組自体はMCを芸人さんがやるので、ほぐれた感じの進行を意識して書けば良い。ただ同時に、教養番組として一定のレベルを保つことも、僕には求められていた。学術的な内容のほか、カウンセリングや診断などの現場話を扱うことになっている。参考文献などを読み漁《あさ》れば、ある程度は書けそうだったけど、難しいのは現場サイドの話だ。それは本やネットの知識収集ではどうにもならず、取材を通して得るものを書くしかない。

実際にカウンセラーが患者と向き合っている場面を取材できたなら、台本の充実度は間違いなく上がるのだろう。そう思うことで余計、どこから考えて台本を書けばいいのか、わからなくなってしまっていた。

木下さんから、進捗《しんちょく》をそれとなく確認するメッセージが送られてきて、僕はその旨を伝えた。やがて、『なるほど。それは取材に行った方が良いね』と、僕の実家近くで行われているカウンセリングの現場を十箇所ほどピックアップして、すぐに送ってくれた。

受け取ってから気が付いたけど、本来はそれも僕の仕事だ。またしても木下さんに、気を遣わせてしまったようで申し訳なくなりながら、リストに貼られたリンクを一つ一つ開いて確認していった。

しかし家から場所が近いとはいっても、大半は電車で一時間以上かかるところばかりだった。どうやら地方には、カウンセリングを受けられるところが少ないらしい。

とりあえず電話をかけて取材を申し込むと、四件連続で断られた。個人情報保護の観点から、現場の取材は難しいとのことだった。

それも当然だ。どうせほかも、同じ調子だろう。

諦めようとした、その時――

リストの一番下に、『高山市《たかやま》／つきあかりの会』というのを見つけた。高山市は、隣町だ。

サイトを開いてみると、薄水色の背景にゴシック体の大きな文字で、『つきあかりの会』と書かれてあるのが目に飛び込んできた。掲載されている情報は少なく、いかにも手作りという感じのサイトだ。

試しにニュースのところをクリックしてみると、ＳＮＳのページに自動で飛んだ。

そこには、会の開催頻度が月に二回であることや、市民が有志で開催しているものであることなど、欲しい情報が投稿されていた。次回開催の日付を見ると、翌々日となっている。ラッキーと思いながら、貼り付けられていた画像をクリックして拡大し、文字に目を通していく。

『愛する人を亡くした方へ　いつでもお気軽にお越しください』

そのテキストを見てつきあかりの会が、いわゆるグリーフケアを目的にしたものだと僕は気が付いた。

途端に行く気が失《う》せていったが、なんとか思い留まった。木下さんをがっかりさせたくない気持ちが強かった。当事者として行くのは嫌だけど、取材として見学するだけなら、まだ良いのではないか。嫌悪感さえ抱いていたそれだけど、もうその感覚も薄くはなっている。

問い合わせフォームを開いて、取材を希望する旨、メールをした。

すると返事が、数時間後にあった。

牛丸清太郎《うしまるせいたろう》、という名前の送り主だ。本文に、会の詳細な住所や時間が書かれている。サイトを見る限り、いかにもアバウトな感じの会だし、何かあれば途中で抜けて帰ろうと思いながら、ノートパソコンを閉じた。


それからの二日間はとても静かで、僕の人生の中でもっとも緩やかに時間が流れているようにさえ感じられた。まるで時間と仲良く手を繫《つな》ぎ、同じ歩幅で歩いているような、そんな気持ちになれた。

仕事は少し進んだけど、たいていの時間はベッドの上でスマホをいじっていた。話題を呼んでいる政治、芸能のニュースに特別関心を持てないのは、東京から離れているせいなのか、美紀のことがあったからなのかはわからない。わかったのは、僕に関係なく世界は動いているのだということ。そして、世界の縁を踏み外してしまったような孤独感は、案外悪くないものだということだった。

母は僕のために、朝食と夕食を作り、仕事帰りには昼用のパンなども買ってきてくれた。

まるで幼い頃、熱を出して寝込んだ日のようだった。

身体の強くなかった僕は、よく発熱して母に迷惑をかけた。母は部屋に来て様子を見ては、去り際に扉を開けておくかどうか、その都度訊いてくれた。幼いなりに僕は、閉めてと言うとなんとなくよそよそしい気がして、開けておいて、と言っていた。

中学にあがる頃に母親はそれを訊かなくなって、大人になったような気もしたし、距離を感じて寂しくなったりもした。

今の自分は、あの頃と似ている。母の優しさに、気恥ずかしさと有難さの、両方を僕は感じていた。

◇

気持ちの良い秋晴れの空が広がっていた。数日前の予報によると、台風が日本に上陸する可能性もあったけど、無事に逸《そ》れたらしかった。

ガレージに置いていた自転車のタイヤに空気を入れ、サドルを簡単に雑巾《ぞうきん》で拭《ふ》いた。高校生の頃から身長はあまり伸びていないのに、やけにサドルが低いように感じられた。

メールに書かれていた場所の地図を頭に浮かべながら家を出た。自転車に乗るのがあまりに久しぶりで、乗ってからも感覚が戻ってくるまで時間がかかったけど、漕《こ》いでいるうちに心地好《よ》さがやってきて、膝《ひざ》に力が入った。

懐かしい場所を、幾つも通った。リコーダーを吹いて帰った通学路。月に一回母に連れられて行った理容屋。行くのが嫌だった学習塾。商店街を抜けた先のスイミングスクール。

二十分ほど漕いで、目的地の近くに着いた。グーグルマップを使って指定された住所に向かうと、やがて目的地が見えてきた。

遠目ではわからなかったが、近づくとそこは服屋だった。

白い壁に『グリーンムーン』とお洒落《しゃれ》な明朝体の文字が躍り、ショウウインドウには、婦人向けの服を着たマネキンが数体並んでいる。自転車を停めて外から中を覗くと、店内は営業中の様子だった。ドア越しに、やや高齢者向けと思われる服と、その向こうに子ども服やベビー用品が並んでいるのが見えた。

いかにも街の服屋という装いで、まさか店内でグリーフケアの会をやるとは思えない。建物の裏に回るも、それらしい場所は他になかった。

早速躓《つまず》いたようで、やっぱり来ない方が良かった、帰ろうと、拗ねる子どものような気持ちになったけど、僕は自分を奮い立たせた。

とりあえず自転車を停めようと置き場所を探していると、後ろから声がした。

「取材の方ですか」

振り向くと、声の主である初老の男性がトルソーを両手に立っていた。

「牛丸です」

「取材に来た、森下です」

「どうもどうも。場所、わかりにくかったですよね。自転車、店の前に置いてもらって大丈夫ですよ」

言われた通りに自転車を置いて、鞄《かばん》から名刺入れを取り出した。名刺を一枚渡すと、「どうもどうも。僕のは後でお渡ししますね」と、牛丸さんは朗らかな口調で受け取ってくれた。

「森下さんですね」

優しく微笑むその顔を見て、なんとも紳士的な人だな、と僕は思った。金縁の眼鏡と口髭が似合っているし、首元に巻かれたシックな赤色のスカーフがお洒落だ。

「じゃあ、付いてきてください」と誘《いざな》われて、一緒に店の中へ入った。やはり店内で会をやるのだろうかと訝《いぶか》しんでいると、牛丸さんは、店の奥にある扉を開けて入っていった。中には狭い階段があって、二階へ上ると、学校の教室二つ分ほどの空間が広がっていた。

「もとは倉庫として使ってたんですけどね。そこを広げて、今はフリースペースみたいな感じにしてますね」

牛丸さんが解説をしてくれた。

部屋の隅には、事務作業に使っているのであろう机と椅子が置かれており、真ん中にはパイプ椅子が雑然と並んでいる。

窓からの採光は十分だったが、牛丸さんが電気をつけると部屋は暖かな色でふんわりと明るくなり、置かれていたパイプ椅子たちも、主《あるじ》を取り戻して生命が宿ったかのように見えた。

「私、専門家ではないのですよ。会を開くのに資格とった方が良くて、勉強したりはしましたけどね。まあ、それくらいです。それで大丈夫ですか？」

と、牛丸さんが名刺を渡しながら、訊いてきた。

「もちろんです」

僕が名刺を受け取りながら答えると、「良かったです」と、牛丸さんは微笑んだ。どこまでも柔らかで、丁寧な語り口だった。

「なんでも訊いてください。ただちょっと、作業しながらでもいいですか？」

牛丸さんはそう言って、パイプ椅子を綺麗に並べ始めた。会が始まるのは、だいたい三十分後だ。手伝おうかとまごついていると、「大丈夫ですよ」と、またしても柔らかく制された。

手際よく椅子を並べ終えると、忙《せわ》しなく部屋の隅の机に移動して、今度はがちゃがちゃと音を立てて何かをし始めた。

しげしげと見つめるしかない僕に、「ハーブティーをね、淹《い》れるんですよ」と、牛丸さんは説明してくれた。

「ハーブティー、ですか」

「参加者の皆さんに飲んでもらう用のですね。飲むと、リラックスできますから」

なるほど、と僕は思った。

「手は動かしてますけど、気にせず色々訊いてくださいね」

「じゃあの……質問よろしいでしょうか」

「どうぞ」

「会では実際、どういったことをされるんですか？」

「まあ集まって話をするだけですかね。うん、ほんとそれだけです。後はたまにご飯に行ったり、野球やったり。サークル活動のような感じもありまして。でもほんとに、皆《みんな》でただ話すだけですよ」

そう言いながら牛丸さんは机の脇にしゃがみ込み、小型の冷蔵庫からなにかを取り出した。なんだろうと思っていると、立ち上がった牛丸さんの手元に、大きなメロンが見えた。

「すみませんね。これもね、皆に出そうかと。森下さんも、ぜひ」

「ありがとうございます」

立派でしょうといった感じで僕に見せながら、よしよしと、牛丸さんは満足そうにメロンを撫《な》でた。

「……で、なんでしたっけ」

「ああ、えっと。会の中では、どんなことを話すのでしょうか？」僕は質問を続けた。

「最近どう過ごしてるか、とか、そんな感じのことですね。無理に悲しいことを話す必要はないんです」

質問に答えながら、牛丸さんは慣れた手つきで、メロンを切っていく。

「牛丸さんは、会の中でどんな言葉をかけたりするんですか」僕は訊いた。

「私の方から、あまり意味を持った言葉はかけないようにしてるんですよ。頑張ってくださいねとか、大丈夫ですかとか、言われてもしんどいだけでしょう。そういうの、遺族は一番多く言われるんですけど、良くないんです」

「良くない……なぜですか？」

「大丈夫って言ったってねえ。何が大丈夫だって話ですよね。頑張ろうにも、何を頑張ればいいかわからないですし。そういうのが、実は一番辛いんです」

すぐには牛丸さんの言うことを、飲み込めなかった。

「辛いっていうのは、頑張ることが出来ないってことですか？」

「出来ないですよ。誰かを亡くした後に、頑張るだなんて」

ゆっくりと、一つ一つの言葉を磨き上げるように話す人だな、と僕は思った。

メロンは綺麗に、八つに等分されていた。ポットから、シューっとお湯の沸く音がした。

「落ち込んでる姿を天国の相手は見たくないと思いますよ、なんてのもよく言われるんですよね。これも、絶対に言っちゃダメですね」

「なぜですか？　落ち込んでる姿、天国から見たくないんじゃないですか？」

「そうかなあ」

牛丸さんが、小首を傾げた。

「私だったら、家族が落ち込んでる姿を見たいと思います。もしも森下さんが逝っちゃったとして、残された人がケロッとしてたら……それはそれで『何だかなぁ』って思いません？」

たしかに、そうかもしれない。

「ちょっとは悲しんで欲しいですね」

「ちょっとで良いんですか？」

「え？」

問われたことの意味がよくわからず、顔を見返すと、牛丸さんは悪戯《いたずら》っぽく笑っていた。

「私はそんなに人間が出来てないからなあ。悲しまないで欲しいなんて、嘘ですよ。もう大泣きして欲しいですね。しばらくは塞《ふさ》ぎ込んで、家から出れなくなったりして」

僕は驚いた。グリーフケアを行う側の人だから、落ち込んだり塞ぎ込んだりすることは避けるべき、という風に考えていると思っていたからだ。

牛丸さんが、僕の目を見ている。優しい瞳《ひとみ》だ。

「でもその代わり、その後でまた、元気になって欲しい。ちゃんと落ち込んで、ちゃんと元気に生きて欲しい。私なら、天国で残してしまった人を見ながらそう思いますかね。いやあ、欲張りですかね」

訊かれても答えが返せなかった。目が合っているのに、牛丸さんの眼鏡の奥の瞳は、別のところを見ているようだった。

予感が僕の胸を掠《かす》めた。

それは、目の前の人は、自分を失ってしまうほどの大きな喪失を過去に経験したのではないかという予感だった。この人は僕と同じように、大事な人に先立たれて、落ち込んで、塞ぎ込んで、どうしようもなかったことがあるんじゃないか——

　どうすれば良いかわからず、ただ困ったまま立ち尽くしていると、やがて一人の女性が部屋にやってきた。彼女は二十歳前後の見た目で、パーカーを羽織り、フードを頭に被《かぶ》っている。

「あ、こんにちは」「こんにちは」「今日は大学？」「バイト」「そっか」

　と、二人は短い会話を交わした。

　高齢の人たちが参加するものと勝手に想像していたので、僕は少し面食らった。そして彼女は僕を無視して、そそくさと円形に並べられた椅子の方へと向かった。

　彼女を皮切りに、次々に参加者がやってきた。全部で七名。年齢はバラバラで、女性が五名だ。

「取材に来た人です」

　といったくらいの軽い感じで牛丸さんに紹介されて、僕は少し離れた席から会を見学することになった。

　まず会の基本ルールが、牛丸さんから説明された。ここで聞いた話は他ではしないとか、写真は撮らないでおこうとか、発言したくなかったらパスして大丈夫とか、そういう内容だった。

　やがて自己紹介が始まると、全員が数回目の参加であることが明かされた。

「まあ、いつものメンバー。いつメンというやつです。じゃあさっきの基本ルールの説明、いらなかったじゃないかとツッコミが入りそうですけど、大事なことですので」

そう牛丸さんが言うと、みんな少し笑った。

「じゃあ、今日も時計回りで話していきましょう。良いかな？」

最初に入ってきた大学生の女の子に、牛丸さんは顔を向けた。

長い間があった後、「あの」と言って、また長い間が空いた。急《せ》かす空気を出す人は誰もいない。小さな咳《せき》ばらいをした後で、やがて彼女は呟くように話し始めた。彼女は会が始まっても、パーカーのフードを外していなかった。

「あの、この前……歯医者の待合室で、小さい子が本を読んでて。で、お母さんが時間だからって言って、本をパッと取り上げて。その子、なんかすごいびっくりしちゃって。でも全然泣いてなくて。ああ、私と一緒だなって思った」

「どんなところが、一緒だと思った？」牛丸さんが訊いた。

「私も、妹がいなくなって、まだちゃんと泣けてないから」

「そっか。それは似てるかもね」

「たぶん私も、お話を取り上げられたんだなって思った。真っ暗で、なにもないところに放り出された感じがする」

牛丸さんが、ゆっくりと頷いて、

「今も泣けない？」と訊くと、彼女は頷いた。

「なるほど。私たちは、読んでいたお話を取り上げられたのかもしれませんね」

またしても沈黙が横たわり、それが彼女の話が一旦終わったことをそれとなく示すのを待ってから、牛丸さんは言葉を切り出した。

「取り上げられたのは、亡くなった相手と一緒に作るはずだったお話です。今はその本を返してほしいと思うけど。うーん、なんというかたぶん、もうそれは返ってこなくて」

ひとつひとつの言葉を、まるで陽の当たる窓際へゆっくりと並べていくかのように、牛丸さんは語り続ける。

「もし次に与えられる本が、これまで読んでいたのと違っても、やっぱりそれは読んだ方が良いんでしょうね。私たちは、どんな形にせよ物語を必要としていると思うんですよね」

知らず知らずのうち、僕は右腕を左手で摑み、皮膚をつねっていた。辛いことがあった時にしてしまう、子どもの頃からの癖だ。僅かな痛みが現実感を与え、別世界へ吸い込まれそうな自分を押さえつけてくれている。僕は、自分の頭が熱を帯びているのがわかった。

やがて彼女の話を受けて、隣に座る四十歳くらいの女性が話し始めた。その女性は、一人になるとずっと泣いてしまっているそうだ。夫がいなくなってもう二年も経つのに変ですよね、と自嘲《じちょう》する彼女に、その隣に座る初老の男性が、自分は毎朝珈琲《コーヒー》を淹れながら、十年も前に死んだ妻にあれこれ話すのだよと、励ました。

さらにその隣、長い介護の末に父を亡くしたという中年の女性は、ようやくこれから自分の人生が始まると思ったのに、不意に訪れた悲しみのあまり動けなくなってしまった、と涙ぐんだ。

もう一人同じような女性がいて、その人は長い間親に人生を支配されていた気がする、と語った。生前は憎しみの対象でしかなかったはずが、いざ親がいなくなると、なぜそうとしか思えなかったのか、深い後悔に変わりつつあると嗚咽《おえつ》を漏らしながら語った。

一時間と少し、会は続いた。終わる頃には腹の底まで熱くなり、叫び出してしまいそうな衝動をこらえ、僕は足を踏ん張るだけで精一杯だった。


「じゃあ皆さん、この後行ける方はいつものお店に移動しましょう」

牛丸さんの呼び掛けに、一同「はーい」と立ち上がった。閉め切っていた窓を一気に開放したように、新鮮な空気がその場に流れ込んだ。

「まあこんな感じです。いかがでしたか？」

牛丸さんがやってきて、僕の隣に腰かけた。

「皆さん、お知り合いなんですね。最初は、サイトを見て来られたんでしょうか？」

「まあそういう方もいますけど……知り合いの繋がりで、ってのが多いですかね。たとえばあの、最初に本の話をしてた子。私の同級生が高校の先生をやってるんですが、その教え子で。それで紹介と言うか、私のところに話が来ました」

なるほど、と僕は頷いた。

遠巻きに彼女を見やると、他の参加者たちに交じって雑談をしていた。ポケットに手を突っ込んで、軸を失った駒のようにふらふらと落ち着きなく立っている。相変わらずフードを被ったままだけど、最初に見た時より表情は幾らか和らいでいるように見えた。

「彼女はここに来てから半年が経ちますね。ずいぶん、笑うようになりました。最初はずっと目が虚《うつ》ろでね。これは心配だって誰もが思う見た目でした」

「時間が経つと、なにか変わられたりとかしますか」

僕が訊くと、牛丸さんはゆっくりと頷いた。

「それは、あります。表情を見てますとね、亡くした人の思い出し方っていうんですかね。そういうのが変わっていく感じがありますね」

「思い出し方？」

「ええ。相手との関係性とでも言えば良いでしょうかね。もう会えないのですけど……それでも亡くした人との関係性ってのはあって、たしかに変わっていく感じがするんです」

なんとなくわかるようで、でも理解がなかなか追いつかなかった。

「関係性っていうのは、どういうことですか？」

「……この先ずっと会えないとしても、思い続ける限り、相手との関係性ってのは実は続くと私は思うのです。そしてその関係性は、時間が経つと共に変わっていく。こうやって、ここで定期的に話すことで、失った相手との関係性、もっと言うと、距離感みたいなものを探っているんです。近すぎるうちはまだ苦しいから。ちょうど良い距離感っていうのを探るんです」

僕は鞄からメモ帳を取り出して、『関係性』『変わっていく』『距離感』と書いた。それを見ながら、良いこと言ったなあと、牛丸さんは笑った。

ここに来る人たちは、この場所がなくても日常生活をうまく送れるのならば、それに越したことはないはずだ。

けれどあまりに急な変化を経験した後で、新しい生活にすぐ慣れろというのは無理がある。だから変化の節目、すなわち止まり木としてこの場所があるのかもしれない。

「この後の会、良かったら来ませんか？」

牛丸さんに誘ってもらい、

「ぜひ」と、僕は迷わず返事をした。

◇

歩いて十五分ほどの、『香梅』という郷土料理が売りの居酒屋に入った。牛丸さんが、店の奥にある半個室の座敷を予約してくれていたらしかった。

乾杯の前に、改めて僕自身の自己紹介をする時間があった。

東京でラジオの構成作家をやっていることを話すと、馴染《なじ》みの薄い職業だったようで、小説家や脚本家とはどこが違うんですかと訊かれた。丁寧に答えていくと、場が盛り上がった。

「つきあかりの会のこと、ラジオで良い風に宣伝してくださいね！」

ほろ酔いの牛丸さんからは肩を叩かれ、十年前に奥さんを亡くしたという初老の男性からは、「ここのメンバーでバーベキューやるんですけど、いらっしゃいません?」と、レクリエーションにまで誘われた。いつまでこちらに滞在しているかわからないと予防線を張りつつ、「行けたら行きたいです」と僕は返事した。

宴《うたげ》の最中、僕はなんとなく時計を気にしながら席に座っていた。決して楽しくなかったわけではない。むしろ、久しぶりのお酒は心地好く身体と頭をほぐしてくれて、気分が良かった。時計を見ていたのは、自分の時間感覚を試したかったからだ。

十分経ったかなと思うとおおよそ十分が経っていたし、話に夢中になっていたので、三十分は経ったかなと思うと、実際にそうだったりした。充実感でいっぱいになった。

美紀がいなくなってずっとそうだった、あやふやで伸び縮みする時間。そこから抜け出せたような気がして、ますます酒が進んだ。

だいぶ酔いが回った頃——カウンター席から大きな声が聞こえた。

声の方を見やると、一人の男性客が、店員に難癖をつけているのが視界に入った。

「まだ食べてる途中でしょうが。置いといてよ」

「すみません。まったく手をつけていらっしゃらなかったので」

「いや失礼だよ。断りもなしに勝手に下げようとしてさ」

頭を下げて謝る店員に、男性は食ってかかるのを止めない。店の中が、少し騒然とした空気になった。

　ややあって女将《おかみ》らしき妙齢の女性が、店の奥から走って出てきた。

「池内《いけうち》さん、ごめんなさい。この子、新しく入った子で」

　男の名前は、池内というらしい。男の肩に、女将が両手を置いた。

「ちゃんと言っておきますので。今日のところはお許しくださいな」

　するとトーンダウンしたように、

「女将さんにはお世話になってるからあれだけどさ。ちゃんとこういうのは言っといてくださいね。教育ですよ」

　男は声量を落として言った。

「すみませんねえ。お茶淹れましょうか？」

「大丈夫です」

　女将は、隣の席を見やった。

「お隣の分は、いかがですか？」

「大丈夫ですって」つっけんどんに、男は言った。

　店員を連れて女将が厨房《ちゅうぼう》へと立ち去ると、隠れていたテーブルの上が見えた。

　男の前には、すでに食べ終わった状態の皿が置かれている。しかしその隣には、定食と思わしき料理が手つかずのまま残っていた。

　男は、誰かと一緒に食事に来ているのだろうと思った。電話かなにかで、同伴者は店を一時出てしまっているのかもしれない。

しかしどうやらそれは違うと、そのすぐ後に状況がわかってきた。

女将がいなくなっても、隣の席の空白に向かって男は喋り続けているのだ。

独り言、という感じでもなかった。たしかに彼は誰かと、親密そうに会話をしているのだけど、そもそも誰も隣には座っていない。

僕が混乱していると、「またやっとるな」と、ため息混じりに牛丸さんが呟いた。

「お知り合いですか」僕は訊いた。

「まあねえ」と牛丸さんは口ごもった。席を見回すと、みんな俯《うつむ》いたまま黙っていて、同じ気まずさを共有しているようだった。

突っ込んで訊かない方が良いのだろうと合点して、ほかに良い話題はないだろうかと僕は探した。

すると——

「こんばんは」

頭上から声がした。

振り向くと先ほどの男が、僕たちのいる座敷前の廊下へとやって来ていた。

「相変わらずやってますねえ」

軽薄な口ぶりだ、と僕は思った。店員に怒っていた男と同一人物と思えないほど、その声には明るさがあった。

「池内さん、今日も来てくれなかったですね」

みんなが黙ってしまっているので、代表して牛丸さんが口火を切った。しかし男はそれには答えない。代わりに、

「あ、新人？」

と、僕に絡んできた。これは厄介なことになったなと思った。

「いえいえ……取材に来てくれた方で、森下さんです」

そんな牛丸さんの説明など、男は聞いていなかった。じろっと僕を見つめて、親指を立てる。

「……グッド」

「グッド？」僕は訊き返した。

「負のオーラが、グッド」

「ちょっと」と、牛丸さんが制してくれたけど、

「出てますか？　負のオーラ」

と、僕は思わず反応してしまった。

「出まくりだよ。良い感じだね。え、ちなみに訊くけど、病死？　事故死？」

あまりに勢いよく訊かれたものだから気付いた時にはもう、

「事故死ですけど」と答えていた。

「いやあ！　うちもね、交通事故。なんでも訊いてよ。ね、話そうよ」

僕が黙っていると、「じゃあまたね」と言い残し、男は去っていった。

しまった、と思った時にはもう遅かった。場の空気が固まっているのが、わかった。

「森下さん、事故死っていうのは」

牛丸さんが、重々しく口を開いた。

酔いが急激に醒《さ》めていくのを感じながら、僕は説明の言葉を探した。

「実はちょうどこの前、死別を経験しました。でも取材と言うのは嘘じゃありません。本当に番組は作っています……なんとなく言い出し辛くて。すみません」

言葉は選んだけど、どこか投げやりな気持ちが入り混じった。自分が死別を経験したということを、隠したかったのは確かだ。それはグリーフケアという会の趣旨から大きく外れることだけど、やっぱり僕は、まだ誰にも深くは自分の話をしたくなかった。どうしてかわからないけど、するべきでもないように思えた。

「いえいえ。謝らなくても、大丈夫ですよ」

身構える僕に、牛丸さんは言った。それに反応して他の何人もが頷いた。

「なんだ、それならそうと言ってくれたら良かったじゃないですか」初老の男性が言うと、「実は最初に部屋で見たとき、そうかなと思ってたんですよ」と、冗談混じりに別の女性が言った。

気まずい雰囲気は解けていったけど、先ほどまでの愉快な雰囲気は、どこを探しても尻尾《しっぽ》さえ見つからない。なんとなく場に取り残されてしまったようで、僕は手洗いに席を立った。

鏡を覗き込む。負のオーラが出ているか確かめたかったけど、自分ではよくわからなかった。どうしてあの男に、本当のことを言ってしまったのだろう。

仲間を見つけて興奮する動物のような、彼の瞳を思い浮かべた。けれど酔っているせいなのか、顔の像がうまく結べない。池内、という名前だったことは覚えている。そこで池内、池内、と唱えても、まったく顔が浮かんでこない。僕はもともと、人の顔の特徴を摑むのが苦手なのだ。

美紀は——そうだ。

人の顔の特徴を摑むのが、とても得意だったのを思い出す。俳優の誰に似ているとか、切れ長の目だとか、口元に品があったとか。そういうのを美紀はすぐに言語化できたし、服装もよく見ていた。

「かわいい靴下履いてたから、きっとあの人、良い人だよ」とか言っていた。シャーロック・ホームズかよと僕は思ったけど、この話を仕事先の人にすると、意外と靴下は見られているから気を付けろと真面目に返され驚いた。次の日、駅前の百貨店で美紀に靴下を選んでもらった。僕が靴下を気にするようになったのはそれからだ。

考えを改めた僕は、他人の外見をよく見るようになった。はじめて会った人について、帽子が可愛かったとか、あのコートはハイセンスな人しか選ばないよね、などと美紀と話すようになった。人の特徴を摑むのが、次第に得意になった。

けれど今の僕は、池内がどんな風貌《ふうぼう》の人だったのか、外見を思い出せない。ようやく絞り出せるのが、黒縁の眼鏡で、無精髭で、痩《や》せ型の四十歳くらいの人、というところくらい。もちろん、どんな靴下を履いていたかは見ていなかった。

池内さんってどんな見た目の人、と美紀に後で訊かれたら、僕はきっとまごついてしまうだろう。こんな時、密着カメラのように、美紀がずっと傍についていてくれたら良いのに、と思う。そうしたら、僕が感じたことを、鮮度を逃すことなく美紀に共有できるのに。

でも、しょうがないな。頑張ってうまく話すしかない。話せるのかな。自信もないし、億劫《おっくう》だし。だからやっぱり話さないだろうな。こうやって、家での夫婦の会話が減っていくのかな。

トイレから出ると、すぐ前に立っている人の足が見えた。あ、黒色の靴下だと思ったら、

「ちょっと一緒に不良しようぜ」

と、声をかけられた。

見上げると、正体は池内だった。摑むような勢いで、肩に手を回された。

「真裏、喫煙所だから」

その強引さに、思わず僕は付いて行ってしまう。

店の外に出ると、薄暗く狭い、路地裏のような場所にスタンド式の灰皿が置かれていた。湿度の高い、夜の風が吹いていた。路面が濡《ぬ》れているので、通り雨が降ったのかもしれない。

「え、東京で働いてるってことは、実家がこっちってこと？」

「そうですね」

オイルライターで煙草に火をつける池内を、隣でぼんやりと見つめる。煙草を吸う人の隣にただ立っているだけ、というのは初めて体験することかもしれない。

「ふーん……え、じゃあ亡くなったのは誰？　親とか？」

「いえ」

「え……奥さん？」

「いや、まだ結婚してなくて」

「ふうん……え、じゃあ彼女さんだ」

「そうですね」

え、というのが耳に付いた。煙草を吸いながら話す人は、妙な間を空けてから、え、と言いがちな気がするけど、「え」というのは普通、反射的に出てくるはずのものであって、間を空けて言うものではないはずだ。向こうのペースに乗っかってしまっているようで、どうにも居心地が悪い。

「今日、どうだった？　つきあかりの会。思わなかった？　みんな、傷の舐《な》め合いしてるなって」

「思わないですよ、そんなこと」

「辛気臭いでしょう。俺も行ったことあるけどさ」

「辛気臭いとは思わなかったですけどね」

「そうかな？　あっけらかんとしてた方が良くない？　もっとパーッといこうよ、パーッと」

「あの……店員さんとなんか揉《も》めてましたよね」僕は話題を変える。

「ああ、あれね。ひどいよねえ。ぷりちゃんが、まだ食べてる途中なのに」

「ぷりちゃん？」

聞き慣れない言葉に、思わず訊き返した。

「俺の死んだ女房ね。今、店の中に居るのよ」

今度は、僕が妙な間を作る番だった。

「え……それはその……気のせいですよね？」

「気のせいじゃねえよ」

「幻とか、幻影的なやつですか？」

「そういうのでもなくって」

首を小さく横に振りながら、池内は灰皿に煙草を押し当てた。店の前を通った車のヘッドライトが池内を照らし、壁に大きな影を作った。知らない世界に誘われているようで、僕はそれを飲み込まれそうになるほど見つめてしまう。

「君は彼女が死んで一人になってさ、寂しいんでしょ？　俺もさ、そうだったよ。うん、そうだった。寂しいよな」

池内が僕に歩み寄ってきた。そして、

「彼女に、会いたい？」と、囁くように言った。

僕は、頷いた。

間近で見つめられて気が付いた。

池内が僕の負のオーラを感じて同志だと悟ったように、僕もまた、この人は自分と一緒だと直感で思っている。

「後で落ち合おうぜ。連絡先、交換しよう」

僕はもう一度、頷いた。

◇

居酒屋のある繁華街を少し歩くと、すぐに田んぼ道へ抜けた。

秋を告げる虫の声が直接耳に飛び込んできて、視線をやると、月にほんのり照らされた案山《かか》子《し》と目が合った。ステージに立たされた裏方のような、情けない顔をした案山子に、夜中だね、と心の中で声をかけた。すると案山子が薄っすら微笑んだように見えて、僕は高揚した。悪いことは何もしていないのに、罪悪感と隣り合わせの心持ちにもなった。校舎に忍び込む高校生のような、そんなのしたこともないのに、その時の記憶が蘇《よみがえ》ってくるような、まるでなんでもありの夜が幕を開けていた。

僕は自転車にまたがり、ゆっくりと地面を蹴《け》って前進した。僕の前を池内が、隣にいるというぷりちゃんと話したり、時々こちらを振り返ったりしながら歩いている。

それにしても、二人は親密そうだ。

「今度の週末さ、あそこ行こうよ。ほら、ぷりちゃんが行きたがってた、彦根城《ひこねじょう》」

など、旅行の計画まで練り始めていた。

「あれ、彦根城の城主、誰だっけ。えっと……えっと……わかんない？」

池内がぷりちゃんと考え込み始めたので、僕はスマホで調べて、

「最初の城主は井伊直継《いいなおつぐ》だったそうですよ」

と、教えてあげた。

「ああ、そうそう。ねえ、井伊直継だって。え、知らない？　ああ、そう」

僕の言ったことは、適宜彼が通訳してくれるけど、果たして僕の声がぷりちゃんに届いているかはわからない。

一方でぷりちゃんの声も、もちろん僕には聞こえないから、どうしても通訳が必要になる。

池内もそれがわかっているから、会話を回すのに張り切っている感じがあった。

「森下くんは良い人そうだって、ぷりちゃんが言ってるよ。真面目で、誠実な感じがするって。良いねえ、俺そんなに褒められたことないけどなあ」

この世に居ない人から褒められるのは、初めての経験だ。

「ありがとうございます」

しばらく三人で田んぼ道を歩くと、だだっ広い国道に出た。田舎なので、等間隔に並んだ街

灯のほかに明かりはほとんどない。遠くの信号機は揺れているようにも見えた。

「ぷりちゃんは、池内さんにどんな風に見えてるんですか」僕は訊いた。

「ふわっと見えるんですか？　それともこう、くっきり見えてるんですか？」

「それは、くっきりだよねぇ」

池内は、隣にいるぷりちゃんと笑い合った。

「交通事故で、奥さん亡くなったんですよね？」

「そうだね」

「ってことは、血がついてたりするんですか？」

「血ってそんな。出てきたい恰好だってあるよ」

純粋に、ぷりちゃんのことを見たくなった。

僕が池内の隣を見つめていると、

「ちょっと。そんな見ないで。失礼でしょ」と、怒られた。

「人を見過ぎちゃだめだって、教えられなかった？」

「すみません……あの、どうしてぷりちゃんって呼び名なんですか？」

「おお、それは良い質問だね」池内の機嫌が良くなった。

「まあ、見た目がぷりっとしてるから、ぷりちゃんっていうのと、プリティだからぷりちゃん」

なるほど、と僕は思った。

「え、君は彼女のことさ、なんて呼んでんの？」

「美紀、ですよ」

と、池内は愉快そうに手を叩いて立ち止まった。そして「待ってて」と隣に言い残して、

「ちょっとちょっと」と僕のもとにやってきた。

「違う違う。そうじゃなくて。美紀ちゃんと二人でいる時だけの呼び方……甘える時とかに、あんでしょ」

「え、甘える時ですか？」

「俺しか聞いてないから、言ってみ。ほら、俺、口も堅いんだぜ」

まるで男だけの会話だから、とでも言いたいような雰囲気はちょっと面倒な気もしたけど、ぷりちゃんから離れてくれたその配慮を、僕は少し粋《いき》にも感じた。

「まあ美紀なんで……みぃとか、みぃちゃんとか」

「みぃ？」

残念ながら、訊き返す池内の声は大きかった。これではぷりちゃんに完全に聞こえているだろうと思った。

「みぃ……みぃは良いねえ。そうかそうか」

「ちょっと、恥ずかしいじゃないですか」

「みぃ、それそれ！　そうやってさ、思い切り甘えるのよ。そうしたらね、会えるよ」

刹那、強い風が吹き抜けた。

そして地面が響くような、ずしんという震動を、腹に感じた。

少ししてから、遠くを電車が走ったのだとわかった。池内の顔を見つめると、黙ったまま笑っているのがわかった。どうしてだろう、泣きそうな顔だ、とも思った。

「本当ですか？」僕は訊いた。

「嘘言うわけないじゃん。本当だよ。好きだったんでしょ。じゃあ会えても変じゃないよ」

「……会えるっていうのは、見えるってことですよね」

「まあ、それも含むね」

ニカッと笑う池内の顔は、まるで世界のすべてを味方につけたようだった。

「森下くんも、美紀ちゃんが見えるよ」

「あの……見えるってのは、変なことじゃないんですか？」

「もちろん。言った通り、変なことじゃない」

「そうですか。変じゃないですか」

僕の声に違和感を覚えたのだろう。

「……え？　まさか見えてんの？」池内が訊いてきた。

僕は頷いて、電車の中で、窓越しに美紀を見た話を打ち明けた。

「……錯覚かもしれないんですけど、妙に脳に焼き付いているというか。今もずっと、いないって気がしなくて」

「きたねこれ、きたよ！　きたきた！」

謎の相槌を何度も打ってから、

「チャンスだよ、チャンス」

池内ははしゃぐように、僕とぷりちゃんとの間を駆け回った。

「今を逃すともうやってこないかも。ねえ、もっと彼女のこと思い出すんだよ。ぼんやり考えてたらダメだよ。はっきりと、強く」

「強く。それは、どうやって？」

「だからあ。思いっきり甘えるんだって。みぃちゃんって」

「はあ」

「それでね、二人の思い出に浸るの。なんでも良いよ。最初のデートのことでも、はじめてチューした時のことでも」

「そうすれば……見える？」

「見えるんじゃない。会えるんだよ」

その後、僕は美紀を呼ぶ方法やコツを教わった。

池内が言うには、とにかく二人で過ごした時間のことを思い出すのが大切なのだそうだ。そして思い出は幸せであればあるほど、胸の奥を甘く溶かすのを感じられるほど良いらしい。

「甘いというのが大切だよ。そこに、なんていうのかな。別のものが混じってくるのはダメなんだよ」

だからセックスについてとかは、始まる前の雰囲気を集中して思い出すように、と念を押された。甘さが欲に変わる、その前の気持ちを思い出すのが良いそうだ。

そうすると、相手は喜んで出てきてくれるのだという。

◇

池内と別れた僕は、夜道を自転車に乗りながら、思い出すのにふさわしい思い出を考えた。家につづく田んぼ道は明かりが少なくて、頼りになるのは自転車のヘッドライトだけだった。地面の安定しない畦道《あぜみち》は自転車ごと揺れるので、光線を見ていると、あちこちに乱反射するよう。光線銃をぶっ放しているような感じがして愉快になった。

帰宅すると、母はすでに眠っているのか家の中は静かだった。荷物を部屋に置いて、水を飲もうと台所へ向かった。

ただし水を飲もう、というのは口実で、本当は別にやりたいことがあった。

——この時の僕はまだ、引き返す選択肢も持っていたように思う。いや、どうだろうか。

そういう気になっていただけで、実際に心惹《ひ》かれていたことは、ただ一つだった。

視覚が捉える台所に、東京の部屋の記憶が重なった。僕は、美紀と料理を作っている。

冷蔵庫の中を探すと、ルーと玉ねぎとニンジン、薄切りの牛肉。炊かないといけないけど、米は冷蔵庫の脇の棚にあった。日本酒も、にごり酒が冷蔵庫に入っている。

僕は早速、カレーを作り始めた。

とにかく、心を込めてカレーを作りたかった。

「ねえ、みぃ。これで合ってるよね。僕、ほんと料理はよくわかんないんだよね」

なんて、言ってみる。

あの日も、僕は同じことを言った記憶がある。いや、みぃと呼ぶようになったのはもう少し後だったっけ。まあ、そんなことはどうでも良いや。美紀に作り方を教えて貰《もら》った日のように、ひとつひとつを丁寧に、新鮮に感じながら作りたかった。

「そうそうそう。でも、ここIHだから作りにくいよね」

僕は美紀に話し続ける。

「僕はIHが良いかと思ってたんだけど、コンロの方が良いんだね」

「まあ、ケースバイケースだけど」

すると、美紀の声が聞こえた。

「そっか。よし、もうすぐ出来るよ。みぃも食べるでしょ」

「うん、ちょっと貰おうかな」

「飲み会ってさ、実はそんなに量が食えないよね。お酒でお腹膨れるし」

「夜中にお腹減るやつね」

「そうそう。現にこうやって食べちゃうし」

「夜食べると太るよ」

「料理の人と一緒に暮らしてるからだよ」

「私のせい？」

「違うけど」

「ご安心ください。私、家ではあまり作りたくないので、お腹減ったらコンビニ行ってくださーい」

「はーい。いやでも、そっちの方が太りそうだな」

カレーが出来て、二つ皿を用意して、それぞれに盛った。

テーブルに運び、コップに水を注いで、喉が渇いて最初の一杯を飲み干したときだった。

美紀が、見えた。

テーブルを挟んだ向かいにはっきりと立っていた。けれど驚くことなど、何もなかった。そこに美紀がいることの方が、僕には当たり前だと思えた。それくらい僕は、美紀のことを思い出していた。美紀のことで、いっぱいだった。

「食べるよね？」僕は訊いた。

薄水色のカーディガンを羽織った美紀は、微笑んだまま動かない。僕もなんだかボーっとして立ち尽くしていると、美紀は歩き出し、キッチンの前まで移動して鍋《なべ》を覗き込んだ。

「みぃの教えてくれた、カレーだよ」

僕が言うと、美紀はこっちを振り向いて微笑んだ。嬉《うれ》しくてしょうがない気持ちになった。美紀と、本当に深いところでなにもかもをわかり合えているような気になれた。

美紀の隣に、僕は立った。

「それなりにうまくできたと思うんだけどさ」

僕は、美紀を見つめる。

いつもの横顔。髪の毛が数本、頰のあたりに撥《は》ねているから、直してあげたくなった。

「ねえ、みぃ。聞いてほしいんだけどさ。今日さ」

一度前を向き、反応が返ってこないので、また美紀の方に目をやった。

と――誰もいなかった。

視線をぐっと美紀に寄せていたから、ピントの合わないレンズで撮った画面のように視界がなって、僕は、あれ、あれと言いながら首を振った。

ピントが合っても、やっぱり美紀はいなくなっていた。

「みぃ」

試しに何回か呟いてみたけど、もう美紀が出てくる気配なんか無くて、頭が重く、情けない気持ちになった。不安でもあった。けれど冷静さもどこかにあって、美紀と会ったことに、気まずい後味のようなものさえ覚え始めていた。

たまらずカレーを食べると、少し冷めてしまっていたけど知った味で、気が付くと僕は、むさぼるように食べていた。食べながら、寝落ちする直前に美紀を抱きしめている時のことを思い浮かべた。愛しい、甘い匂い。

それを思い浮かべていること、思い浮かべられていることがあまりに嬉しくて、涙が出た。

食べ終えると、僕は自室へ向かい、淡く、柔らかい追憶を抱きしめながらベッドに入った。

「おやすみ」と、美紀に言うことも、もちろん忘れなかった。他の何にも邪魔されたくなくて、目が覚めても余韻の中の住人でいることを願った。

僕は美紀のことをたまらなく愛している。それで良いじゃないか。僕の主観は、感情は、他人の言葉に侵されるものではない。僕だけのものだ。どれだけ自分で抱きしめたっていい。

やがて眠りが、やってきた。

美紀を失って初めて得る、深い眠りが待っていた。

◇

眠っている間に、人は幾つかの夢を見るそうだ。そして起きる直前に見ていた夢だけを、覚えている。

ある夢を、見たとする。

けれどしばらく眠り続けた場合、また別の夢を見てしまうだろうから、前の夢は上書きされて無くなってしまう。

たしかに見たはずなのに、記憶にも記録にも残らないという理由で、その存在は曖昧《あいまい》になる。夢というのは、不思議だ。

これは、生きているものも一緒だと思う。

たとえば昨日死んだ、でも人の目に一度も触れることのなかった鹿や蛇はどうやって、生きていた、といえるのだろう。ある生き物が一生を終えて、誰の記憶にも残らず、また世のどこにも記録がない場合、その命があったことは誰も証明できないはずだ。

大学の頃に、社会学の授業で、このことをテーマに僕は小レポートを書いた。

すると担当教員が、海外のとある墓を教えてくれた。

それは、生後すぐにこの世を去り、出生記録もないような子どもたちが葬られる墓だった。

彼らには、生きていた記録がない。役所への届け出ということだけではなく、写真や動画にも残されずに、この世を去っている。

そうした場合、墓が唯一の記録になるのだそうだ。たとえその子の父母がいなくなっても、彼らの生の痕跡《こんせき》は、墓を通して存在し続ける。墓が持つ一番の役割は、記録としての装置なのかもしれない。

ドイツにあるというその墓の写真を見ると、陽の当たる場所にそれは立てられ、積み木やおもちゃの列車などが供えられていた。寂しい雰囲気はまったく無い。むしろ独特の怖さのようなものがあった。

それは、たしかにこの世に居たことを、忘れられまいと願う声が聞こえたからかもしれない。

生きていたことがたとえどんなにあやふやな命だったとしても、誰からも忘れ去られてしまうことが、なによりも寂しいに決まっている。


目が覚める前、僕はその墓の前に佇《たたず》む夢を見ていた。

けれど電話が鳴って、叩《たた》き起こされた。

電話だ、と思うや否や、夢の映像は一瞬で霧散しそうになった。見ていた夢がどんなものであったのか、慌ててキーワードに変換し、電話が鳴り止《や》むのを待ってから、僕はメモをした。

電話の相手は、木下さんだった。

かけ直すのに、寝起きの声だと悟られないよう咳払《せきばら》いなどをして、五分ほど待つことにした。その間、僕はとったメモをぼんやり見つめた。手触りまでが残っているようで、どんな夢だったか辛うじて思い出せた。記録したおかげだ。このメモはいうなれば、夢の墓だと思った。

木下さんからの電話は、特番に関する内容だった。

ラジオに出演を打診している小説家が、どんな内容の番組か事前に詳細を知っておきたいということなのだが、構成台本が出来ていない今、澤田先生の取材内容しか見せられるものがない。そこで、澤田先生のインタビューをＡ４一枚程度に、急ぎ要約してほしいということだった。

「いつまでに送ればいいですか？」

「来週真ん中までには……いけるかな。無理なら、ちゃんと言ってね」

「いけます、大丈夫です」

すぐにメールで音源が送られてきた。ダウンロードして再生してみると、音源は簡単に編集されていた。澤田先生と話して気まずい雰囲気になったところまではカットされていて、僕が退出した後からが、始まりになっている。

分量としては、三十分ほどのものだ。

文字に起こしながらまとめていけば、それほど難しい仕事ではない。それに澤田先生がどんな話をしたのか、聞いておかないと僕としても構成台本は書けない。ちょうど良い機会だと思ったし、木下さんも、あえて僕に頼んだのにはそういう考えがあったのかもしれない。

けれど、やはりどうしても気が乗らなかった。

結局、この日はほとんどの時間をベッドの上で眠って過ごした。何度眠っても、頭の芯《しん》が熱く、身体はずっと硬かった。夢を見られる予感さえ、しなかった。

何かを強く叩くような音で、目が覚めた。

自分がどこにいるのかわからないくらいには意識が不明瞭《ふめいりょう》だったから、最初はなんの音かわからず、少ししてから、誰かが階段を降りる音だと気付いた。時計を見ると、夜の八時を少し過ぎていた。

無理やり身体を起こして、部屋を出た。二階の廊下の窓からは、ガレージが見える。覗《のぞ》くと、ちょうど母が車に乗り込むところだった。

こんな時間にどこへ行くのだろうと思った。そういえば昨夜《ゆうべ》も、母は家に帰るのが遅かった。ヘッドライトが点灯して、光の筋が二つ伸びた。車が去っていくのを見送ってから、二階にある、僕の部屋ではないもう一つの部屋へと向かった。階段を降りていったということは、母は先ほどまで、そこにいたことになるからだ。

扉の引き手に、手をかけた。

かつて父と母の寝室だった部屋だ。罪悪感のようなものがよぎったけど、それを拭《ぬぐ》い去るように、僕は手に力を込めた。長い間この部屋に入ったことがなかったので、中を見てみたくもあったのだ。

けれど鍵《かぎ》がかかっていて、扉は開かなかった。残念さと、これで良かったという気持ちが半分ずつ渦巻いた。

母はこの部屋で、何をしていたのだろう。

一番に推測できたのは、ちょっと洒落《しゃれ》た服がこの部屋には仕舞ってあり、それを着て出かけた、ということだった。

母の秘密に、少し触れてしまったような気まずさに、僕はその場を離れた。

夜にお洒落をして、こそこそと出かけていく自分の母親を想像すると、好ましいような、しかしちょっと勘弁してほしいような気にもなった。

気を取り直して仕事でもしようと、僕はパソコンを持って階段を降りた。

誰もいない居間はしんと静かだ。

美紀と会った、ほんの僅《わず》かな時間から丸一日が経っている。そんな気がしないのは、美紀との再会に、特別さのようなものがむしろ無かったからかもしれない。日常の延長線上で僕たちが出会えたのだとしたら、それは幸せなことだ。

数分間、パソコンの電源も入れず、椅子に座ったままボーっとした。やがて腹が減っていることに気付いたので、仕事は後回しにして、僕はなにか作ることにした。作るものは、一つしかない。昨夜と同じ、カレーだ。

腹が減ったので、というのはいわば建前で、今夜も僕は、美紀に会おうとしていた。けれどそのことを意識してしまうと、邪念が混じってしまうような気がして、「ああ、腹減った」と、声に出してみた。美紀とは、会おうと強く思って会うのではなくて、なんとはなしに会う、気が付いたら隣にいる、くらいがきっと一番いいのだ。

腹の虫が鳴って、らしさが高まった。僕は満足してカレー作りを開始した。まずは野菜を切り分けるところからだ。

「仕事しないとなあ……木下さんに切られちゃったら結構マズいんだよね。恩もあるしなあ……あの人、本当に人思いなんだよ。今度別の局のプロデューサーを紹介してくれるとか言ってくれててさ」

美紀の相槌《あいづち》は聞こえてこない。それでも僕は、無心でカレーを作った。野菜を煮込む手際も、ルーを入れるタイミングも、昨夜よりもうまく出来た。

日本酒を鍋《なべ》に入れると、わずかに酸味がかった華やかな香りが、嗅覚《きゅうかく》を刺激した。

「良い匂いだね」と、僕は言った。

瓶に貼られた商品説明のラベルを見ると、吟醸と書かれていた。

僕は、吟醸と大吟醸との違い、そこら辺のことがよくわかっていない。たしか、米の削り方が違う云々《うんぬん》だったような。

美紀と、日本酒の酒蔵に行ったことがあったのを思い出す。僕の仕事で福島の北の方へ行ったとき、美紀も付いてきて、一泊延長して色々と見て回った。水族館へ行くのがメインだったのだけど、思ったより早く見終えて、せっかくならとタクシーで酒蔵に向かったのだ。

日本酒の飲み比べをしたのが、それなりに楽しかったように記憶している。蔵の中がどうだったかとか、詳しいことは思い出せない。僕が妙に覚えているのは、入場券を買うため酒造の受付に並んでいたら、美紀がどこかにふらっと、いなくなってしまったこと。トイレに行ったのかもしれないと思って、その場でちょっと待ってみたり、落ち着かない動きをしていたら、係員と目が合って変に焦った。

結果、受付から直進して角を曲がった、酒蔵の入口の前で、美紀は待っていた。

美紀には、そういうところがあった。

僕が新幹線の切符を買っている時や、スターバックスでテイクアウトを待っている時にも、必ずどこかへ行ってしまう。

遠くへ行ってしまうわけではなく、壁の向こうや店の外など、近くにはいてすぐ落ち合えるる。

のだけど、ちょっと捜さないといけない。

もしも僕が逆の立場だったら、相手が捜さないで済むよう、すぐ近くで待っているようにする。

「みぃはね、自由な人だよ。猫みたい。そういえば猫飼いたいって言ってたもんね」

カレーをよそい、水をコップに汲《く》みながら話しかける。

まだ、美紀は現れない。

「ほんとはね、僕は猫得意じゃないっていうか。なんかそのみぃの猫っぽいところ、ちょっと苦手でさ。僕ならこうするってのを、みぃはしなかったりするから、あれってなるんだよ。僕の友達で、伊吹《いぶき》くんっているの覚えてる？　仕事で一緒になって仲良くしてる奴なんだけど。彼にこの話したら、ちょっと怒られたのよ。自分と同じ行為を相手に求めるのは、幼い証拠だよって。まあちょっとイラっとしたけどさ。でも、僕そこで言い返したのよ。思ってる行動を、求めはするけど、違ったとしても、僕は美紀に怒ったことないよって。むしろ面白がれるっていうか。それってやっぱりみぃのこと特別だって思ってる証《あかし》だし、良いんじゃないかって。あ、ちなみに伊吹くんは、猫派なんだけどね」

いつの間にか、美紀が向かいの席に座っていて、こちらを見つめて笑っていた。

どこか困ったような顔でもあって、美紀には興味のない話だったかと話題を変えてみる。

「ねえ、みぃ。カレー食べる？」と、僕は訊《き》いた。

美紀は、水色で薄手のコートを羽織っている。秋口になると、気に入ってよく着ていた服だ。

ちょうどあの日——そう、ラジオに出演してくれた時も、美紀はこの服を着ていた。変わらず美紀は、僕を見て微笑んでいる。少し悪戯《いたずら》っぽい顔。そうだ、この顔も見覚えがある。

あの日ラジオに出演中の美紀を、廊下から扉のガラス越しに見ていると、目が合った。僕がふざけた顔をして、美紀は番組スタッフがいるからあまりふざけられなくて、ちょっと困りながら、少しだけ笑った。

頬のあたりが、ちょっとだけクオッカワラビーになった。

——あの時の、顔。

僕が最後に見た、美紀の顔。

カレーを食べ始めると、美紀はもういなくなっていた。

昨日よりもカレーは旨《うま》く感じて、それが幸せで、僕はおいおい泣いた。溢《あふ》れてきた涙が止まらなくて息苦しいはずなのに、もっと泣いていたいとさえ思った。胸の真ん中に空いていた穴が、美紀への思いで埋まっていくような感じがして、これじゃまるで付き合う前の頃みたいだ、と思った。

早く会いたくてたまらなかった、美紀のことしか見えていなかったデートの帰り。道すがら一人で持て余した、淡く優しく強い思いが、たしかによみがえった。

あまりに幸せな夜だった。そしてそんな夜が、何夜も続いた。

昼間にも、少しずつ仕事を再開することが出来るようになった。まずは澤田先生のボイスレコーダーの声を、淡々と文字起こしすることから始めた。

週に一度、牧田さんと翠さんがやって来て、食事して帰っていった。牧田さんは、バイト先の一つをクビになったそうで、他の働き先を探しているらしかった。母が、働き口がないか知り合いに訊いてみると言っていた。

牧田さんの持病は良くなっておらず、煙草や酒を止められない生活に問題があると、母が注意していた。牧田さんは、軽くはいはーいと流していて、あまり気にしていない様子だった。

そして母は、相変わらず夜になるとどこかへ出かけていく。すぐに帰ってくる時もあれば、数時間帰ってこないこともあった。そのことはどうにも僕の方からは切り出しにくくて、触れずにいた。

あっという間に日は巡り、つきあかりの会で、バーベキューをやるという日が来た。

なんとなく気乗りがしなかった。家を出ようと外着に着替えていると、池内から連絡があった。

『バーベキューは行かずにさ、一緒に遠足に行こうよ』

魅力的な誘いだ、と思った。そしてバーベキューを断ろうか迷った。迷って初めて、バーベキューの方には、行くことに義務感のようなものを感じていたのだと思った。だとすると、無理に行く必要はない。バーベキューは自由参加だ。

池内に、『わかりました』と返すと、『動きやすい恰好《かっこう》でね。お菓子は三百円まで』と、すぐに返事を送ってくれた。

◇

呼び出されたのは、登山口まで自転車を一時間も漕《こ》がないと行けない山だった。安峰山《あんぼうさん》というらしい。ネットには登山初心者にお薦めと書かれていたけど、登り始める頃にはもうすでに息が切れてしまっていた。

山頂の展望台まで行こうと息巻いている池内を見て不安になったけど、登り始めると、車も走れるように道は整備されていたし、休み休み進めばなんとか体力はもちそうな気がした。

一歩一歩踏みしめるように進んでいくと、森の香りとか、ちょうどいい湿度を孕《はら》んだ風とか、空へ飛び立っていく鳥の羽音とかが五感を刺激して、身体が軽くなるような気がした。木々の間に覗く、遠くの峰々を見ながら登っていくような余裕も生まれた。

「池内さんにも、バーベキューの案内来てたんですね」

気分が上向いて、僕は池内に話しかけた。

「ええ？　ああ、なんか一回行っただけで勝手に送ってくるんだよ。ってかあんなんさ、大勢でやったって美味《おい》しくないよね」

「なるほど。それはそうかもしれません」

「で、どうなのよ。恋人とは、あれから」

そうだしぬけに訊かれ躊躇《ためら》いながら僕は美紀と会えたことを伝えた。

池内は、居酒屋の時と同じように、親指を立てながら「グッド」と言った。

「え、じゃあ今も見えてる感じ?」

「いや、今は見えてないですけど……」

「けど?」

「えっと……」

「見えてないけど、いる感じがする」

「ああ……まさにそうです」

漠然と思っていることを、うまく言語化してもらったようで、妙に納得した。悲しみを抱える時間の長さという意味で、さすが先輩です、という気持ちにもなった。

「それはじゃあ、もういるってことだよ。ねえ、ぷりちゃん」

池内が前方に声を、溌剌《はつらつ》と飛ばした。今日はぷりちゃんは僕たちの前を歩いているらしい。

ややあってから、「だってさ」と、池内は満足そうな顔を僕に向けた。

ぷりちゃんがなんて言ったのかはわからないけど、訊くのも野暮だと思い、僕は曖昧な笑顔で返した。

「ねえ、バーベキューは、この四人で行こうよ。絶対そっちの方が楽しいでしょ。なんかさ、良い感じ。俺ら四人、仲良くできそうだよね！」

恐らく池内には、美紀のことは見えていないのだろうなと、ふと思った。それはそうだ。僕に美紀が見えていないのに、池内に美紀が見えているなんて、信じたくない。

「あ、ぷりちゃん速いって、ちょっと！」

池内が楽しそうに走り出した。どうやら、前を行くぷりちゃんが走り始めたらしかった。

後を追いかけ数歩進んだところで、美紀が付いてきてくれているかと、僕は心配になった。美紀は運動が得意だったし、このくらいなら余裕で付いてきてくれるはずだけど、もしかするとブーツで来てしまっているかもしれない。時々、出かけるときに履いていたことがあった。念のため、歩くペースは少し落としておこう。

前を走る池内は、なかなかぷりちゃんに追いつくことが出来ないようで、やがて息を切らしてしゃがみ込んだ。

「やっぱあれだね、ぷりちゃんは身軽だね。俺らはほら、重力背負ってるから」

「えっと……ぷりちゃんさんに足はありますよね？」

「へ？」

「足」

「あるよ。出てきた美紀ちゃんにだってあったでしょ」

「ありましたね」

たしかあったはずだ、と僕は記憶を辿《たど》った。

「足無いの、昔の幽霊とかだから。皿屋敷とかの」

「そうでした」

持参していたペットボトルをリュックから取り出して、水を飲んだ。疲れてはいるけど、池内の言う重力というやつを実感できているようで、心地が好《よ》かった。吹く風が、汗ばんだ髪の毛を撫《な》でてくれる。

「思い出はなんだったの？　美紀ちゃん出てきたやつ」池内に訊かれ、深く息を吐いてから僕は答えた。

「ああ……家で料理しました。美紀がそれを仕事にしてたってのもあって、教えてもらいながら一緒によく料理したんです」

「なるほど」

「ぷりちゃんさんは？」僕は訊き返した。

「ぷりちゃんが死んじゃった後さ、家の掃除してたのね。そしたら、ブラウスが出てきて。なんか捨てられなくてさ、クリーニング出して。家に吊《つ》るしといたの。そしたらさ」

「……出てきたんですか？」

口元を緩めながら、池内は頷《うなず》いた。

「服好きだったのにさ、買うと俺、不機嫌になってたから。ぷりちゃんは我慢してたんだろうなあ。俺、反省してさ」

鳥の鳴き声が遠くで響いて一瞬静かになり、世界が四人だけになったような気がした。池内が立ち上がり、ゆっくりと歩き始めるのに、僕も歩幅を合わせて付いていく。

「ぷりちゃんが一度いなくなって、また出てきてくれるまでのことなんだけど。寂しくてどうにかなりそうだったってのもあるけどさ。俺勝手だな、って思って、それも苦しくて」

「勝手、ですか」

「そう。自分が好きに押し通して、向こうが黙ってくれてたこと、きっとたくさんあったんだろうなって。そう考えると、俺は結局、自分一人で勝手に生きてるなあって。寂しいって思うのもさ、自分一人の作業だから」

池内の言うことが、嫌というほど刺さった。

美紀を亡くしてから、自分に訪れたものは、寂しさや悲しみというよりも、もっと全身を抉《えぐ》るようなにかで、無理に言葉にするならば、辛《つら》いとか、焼かれそうだ、ということ。

「わかります。僕は美紀がいなくなってから、ずっと罰を受けているような気持ちで生きています」

「罰？」僕の深刻な口ぶりに、池内は声を落として訊き返した。

「そうです。僕が生きている間、美紀のことを実はそれほど考えていなかったんじゃないかって。これは、その罰なんです。生活は、美紀が色々合わせてくれました。僕、朝が苦手で、向こうは得意だけど、起きる時間をなんとなく合わせてくれたり」

「ああ、俺も一緒。朝、苦手。で、ぷりちゃんは朝型だったね」

「言葉にしなくてもわかり合えてることって、実は時々、言葉にした方が良いんだろうなって思います。そうすれば、一人じゃなくて、二人で生きていることになるっていうか」

「ほんとそうだね。森下くん、良いこと言うね」

褒められて、僕は素直に嬉《うれ》しくなった。

池内のことを、どこか関わってはいけない男だと思っていたところもあったのが、いまや親近感のような、穏やかで前向きな感情が湧いていた。

僕と池内は、決して傷を舐《な》め合っているのではない。僕たちは、同じ植木鉢に入った二輪の花のようだ。同じ土に生え、同じ養分を共有して育っているけど、互いに干渉することはない。そんな理想の関係。

大丈夫？　と時々ぷりちゃんを池内が気遣うほかは、僕たちは言葉少なに山道を歩いた。山道を進むほどに、風は冷たくなった。


頂上へ着く頃には陽もかなり傾いて、西日が辺りを照らしていた。正面には別の山が見え、小さな雲がその頂上とぶつかって、千切れたり広がったりしながら戯れている。

木製デッキの展望台から、街すべてを見下ろすことが出来た。うおーと僕は声をあげ、隣で池内も、うおーと言った。

「知らなかったですよ、こんなところ」

「小学校の頃、遠足とかで来なかった？」

「来なかったですね」

スマホを取り出して、僕は写真を撮った。やや逆光気味だったけど、オレンジ色に染まる眼下の街並みが、綺麗《きれい》に撮れた。

隣で池内は、展望台からの風景を背に、スマホを構えて自撮りを始めていた。

けれど操作に慣れていないようで、あれ、とか、いやあこれは、など、スマホを持ってわたわたとしている。面白がって見ていると、

「……ああ森下くん、ちょっと撮って」と、スマホを渡された。

「はい……撮りますね」

池内と、その隣にいるぷりちゃんの余白も、フレームに収まるように写真を撮った。

「どう……良い感じ？」

写真を見せると、池内はいつものグッドポーズをしてくれた。気に入ってくれたらしい。

「だと思いますよ」

「じゃあ交代。今度は俺が撮るね」

スマホを返すと、池内は僕にカメラを向けた。

──一瞬、どうしようか迷った。

隣に美紀がいることを、意識した方が良いのか、しない方が良いのか。

きっと意識した方が良いのだろう。さもないと池内に、突っ込まれる可能性がある。

けれどいま、僕には美紀が見えていない。

池内がアングルを探っているその間、心の中で、みぃ、と呼んでみた。刹那《せつな》、甘酸っぱさが胸を走ったけど、いつものように美紀が現れる感覚ではなかった。

美紀に、ここに来て欲しかった。

うまく美紀を呼べない自分が歯がゆく、情けなかった。

「じゃあいくよ、はいチーズ。いいね。もう一枚。はいチーズ……おお、めっちゃ良い感じ」

池内が、撮ったばかりの写真を見せてくれた。

そこにもしも、美紀が写ってくれていたら——なんてことを、考えた。

けれど写真にはただ、身体を半端に開いた、虚《うつ》ろな目の自分がいるだけだった。背後の空や山は神々しく、写真を見てはじめて気が付いたけれど、雲からは見事な光の筋が降りていた。

「……いい顔してんね」

「有難うございます」

「来てよかったでしょ」

「はい」

「じゃあ次は、四人でバーベキュー行こうね」

「はい」

「必ずだよ」

「……はい」

陽が沈むのは早くて、急ぎ足で山を下った。

ふもとに辿り着いた頃には夕闇で、手を振り去っていく池内の背中はやけに小さく見えた。

自転車に乗って帰る道すがら、彼と出会った夜に僕がした質問のことを思い出した。

ぷりちゃんは、幻とか幽霊とか、そういうものか。今となっては、どっちでも良かった。

僕にとって、美紀が見えることがなによりも大事で、それさえ出来るのなら、概念や正体などなんでもいい。

ただ美紀に、居て欲しかった。そしていつでも、いつまでも見ていたかった。

それさえ叶《かな》うなら、そう。なんでもいいんだ。

◇

その夜、僕がいつもと違うことをしたのは、たぶん美紀が出てきてくれることが当たり前になっていて、それに安心、あるいは甘えてしまっていたからかもしれない。

「ねえ。みぃは、こうやって出てきてくれてるけど、それって迷惑じゃない？」

いつもと変わらず僕の傍に立って、カレーを作るのを見守ってくれていた美紀が、小首を傾げた。

「いや、僕は良いんだけど。良いっていうかすごく幸せなんだけど。みぃは、どうなのかなって思って」僕は補足した。

「……どうかな?」

するとと美紀は表情を変えて、いつものように少しだけ微笑んだ。

「どう?」

美紀は何も答えない。これもまた、いつものことだ。

「みぃ、喋《しゃべ》ってよ」

僕は耐えきれず、右手をゆっくりと美紀に伸ばした。美紀は僕の手が視界に入らないのか、僕と目を合わせたまま動かない。

最後に見た、美紀の顔——ラジオ局のブース、扉のガラス越しの美紀。

それに、もう少しで触れることが出来る。

僕は、自分の手が震えているのがわかった。

「ねえ、なにか言ってよ」

僕はやっぱり、耐えられなかった。

美紀と会話を交わすことで、自分の気持ちを確かめたかった。美紀も同じようなことを感じているのか、知りたかった。

「ねえ!」

思ったよりも大きな声が出てしまう。

しまった、と思った時には遅かった。もう、美紀はいなくなっていた。

邪念が宿ったせいだ。

付き合い始めた頃の、なにもかもを一緒に作り出していた時の、あの甘さとしなやかさと優しさが、僕からどんどん零《こぼ》れている。

慌てて僕は、美紀の声を思い出そうとする。

「ごめんね、美紀」

なんでもないよ、といった感じで軽く謝って、僕は美紀の返事を待った。

それなのに――

いくら集中しても、美紀の声が聞こえてこない。いつもなら聞こえてくるはずの、美紀の声が、まったくしないのだ。

そして僕は、恐ろしいことに気が付いた。全身が戦慄《せんりつ》するのがわかった。胃袋に伸縮する痛みが走って、身体をうずくまらせるのがやっとだった。

美紀が、どんな声だったか、よく思い出せないのだ。

そんなはずはない。落ち着けばすぐに蘇《よみがえ》ってくるはずだ。僕が、美紀の声を忘れるはずなんか、ない。

なにか、美紀の声を思い出すきっかけになるもの。

――そうだ、写真だ。

結婚式の準備のため、クラウドに集めていた写真を見れば、記憶に鮮明さが戻るかもしれない。美紀への感情に、再び輪郭が宿るかもしれない。

僕は二階へ上がり、自室のベッドに置いていたスマホを摑《つか》んで写真フォルダをタップした。関係の無い写真、主に仕事関係で役に立つと思ってスクショした画面などが並び、しばらくスクロールしていくと、美紀と撮った自撮りの写真が目に飛び込んできた。

僕はゆっくりと記憶を辿った。

これは待ち合わせして外食をした夜の、駅前のロータリーでの自撮り写真だ。すっかり忘れていた。けれどもう大丈夫。今、思い出した。

食事をしながら、美紀はなんの話をしていたっけ。僕はどんなことを言ったのだっけ。

店の内装は、よく覚えている。

銀座《ぎんざ》のビルの地下にあるインド料理屋で、お店に入ってまっすぐ進み、四人掛けのテーブルを二つ通り過ぎた先にある、壁際の二人席。壁の色はシックな赤。インド料理屋なのに、店内には日本のヒットチャートの曲が流れていた。

そんな、どうでも良いことははっきり覚えているのがもどかしかった。

店員の服の色も覚えているし、赤ワインを頼むとき、グラス千円を超すやつか超さないやつかで悩んで、超さないやつを注文したことも覚えている。帰りはバスに乗って、後ろの扉の真後ろの席、美紀は奥で僕が通路側に座った。要らない記憶。無駄無駄無駄。なぜこんなことしか、思い出せないのか。

美紀とは、なんの話をしたのだっけ。

美紀の声が聞こえてこない。

写真の美紀が、貼りついたような表情のまま脳の中にいる。美紀は、どんな声だっけ。

記憶の引き出しは、整理整頓《せいとん》などされていないようだ。今度は脈絡無く、プロポーズをした日のことが回想された。

「ちゃんとした結婚指輪じゃなくて、ごめん。ちゃんとお金持ちになるから」と言った僕。

「それは期待してないよ」と笑って、それから美紀は、「嬉しいよ」と言ってくれた。

あ、声が聞こえた。

思い出せる、覚えている。

「なんかね」と美紀は言って。いや、みぃが言って。

「私も思ってたことがあるんだけど」

「うん、なに？」

「仕事が落ち着いたらそういう話をしないとなって思ってたんだけど。仕事ってたぶん、いつまで経っても落ち着かないからさ」

「たしかに」

そして美紀は、なにかを言った。だから待つんじゃなくて、云々。

ああ、だんだん不鮮明になってきた。

構成台本で台詞《せりふ》を書く時みたいに、頭の中で美紀が何を言っていたかを慌ててイメージする。台詞を書くことについては多少の要領を摑んでいる僕の思考回路が、楽をしようとしてしまう。

「だから待つんじゃなくて、こういうのは勢いが大事って——さんも言ってたよ」

誰がそう言ってたのだっけ。もはや誰でも良い。再構築、記憶の書き換えは続く。

「勢いが大事って、職場の先輩の山下《やました》さんも言ってたよ」

「僕もそう思うよ。お互いそうだから、でも、今しかないのかなって。ね、結婚しよう」

と、自分の台詞さえも、都合よく作ってしまった。多分僕は、こんなことを言っていない。何と言ったのか、けれど正確に思い出せない。

手には、スマホ。どうしてこんなに不安な思いに駆られてしまったのかって、写真を見始めたからだ。

写真の美紀は、なにも話してくれないどころか、僕の記憶を固定化してくる。過去をありふれたものにしてくる。駄目だ、それは耐えられない。

思い切り、力の限りスマホをベッドに放り投げた。熱くなっていた頭が、一気に水をかぶったように冷静になっていくのがわかった。

すると脳が、美紀の声を再生し始めた。聞き逃すまいとする。手に力を込める。

「なんかね、お腹減ったね。食べよう食べよう」

僕は安心する。腹の底から泣きたくなるほど、安心する。大好きな、美紀の声だ。

階下に降りて、僕はまたカレーを作った。あまり美味しくなかったのは、上手に作れなかったからで、決して飽きが来たとかいうことではないはずだ。そう、僕は信じたい。でなければ、あまりに辛すぎる。どうして人は、ひとところに留まることができないのだろう。どうして愛すべき瞬間を抱きしめ続けることができないのだろう。

なんでもない夜のはずだった。


けれど僕はまた、うまく眠れなくなってしまった。

真夜中に、髪の毛が全部抜ける夢を見て目が覚めた。スマホを見ると、池内からＬＩＮＥが届いていた。

『みんなでバーベキューするの、今週末はどう？　バーベキューだけじゃなくて、キャンプにしようよ。一泊してさ』

『最高ですね』

打ち返すと、すぐに返事がきた。キャンプ道具一式は準備してくれるという。

きっと気が紛れるだろうと、週末が早くやってくることを僕は願った。

◇

眉間《みけん》に皺《しわ》を寄せながら、母が言った。

「グリーフケアかなんか知らんけど、皆《みんな》で集まって、それで本当に良いことあるんかね」

母に誘われて、隣の高山市まで昼食に出かけた。手打ち生パスタが評判の、母が行きつけだという店に入った。木目を基調としたこぢんまりとした店内で、サラダや前菜がビュッフェ形式で食べられるのが評判だそうだ。母は、サラミのピザを食べている。僕はカルボナーラをフォークに巻きつけながら、母の言ったことにどう返そうか考えた。カルボナーラはチーズが濃厚で、卵の旨味が引き立つ、僕好みの味わいだった。

グリーフケアのことを話題に出したのは、

「最近は、どんな仕事してるん？」と訊かれたからだ。

つきあかりの会のことをかいつまんで話すと、母は良い反応をしなかった。それどころか、

「グリーフがどうとか、そんなんが仕事になるんやね」

と、半ば吐き捨てるように母は言った。まるで、他人の不幸で飯を食うだなんて、とでも言いたいようだった。

「仕事じゃなくて、ボランティアみたいやけどな」僕は説明を補足した。

母はしばらくぶつぶつ言っていたけど、少し黙った後で、ゆっくりと本題を切り出した。

「今日話したかったのはな、相続のことなんやけど。まだお父さんの名義の残った土地が幾つかあるんよ。あんたが実家にいるこの機会に、名義を替えておきたいのね。司法書士の先生に相談したら、まあ相続税は掛からない範囲やし、特別面倒なことはなさそうよ」

「父さんの土地を、僕と母さんとで相続するってこと？」

と、僕は訊いた。相続のことは、経験がないのでまったくわからない。

「そうそう。このままいって、もし私になにかあったら、それはあんたが相続の時にちょっと

面倒なんやって」

　母の言い方に、少し思わせぶりなところを僕は感じた。

「なにかあったらって。体調とか、大丈夫なん？」

「なあに、元気よ。この前も内視鏡検査したけどな、綺麗も綺麗」母は笑った。

「私なりに考えててな。もう二十年以上経つわけやし。お父さんのこと、乗り越えんといかんって思って。名義の手続きしたら、お父さんの名前が消えてしまうから、それがなんとなく嫌で、ずっと残してたけど。あんたに迷惑がかかるのは、良くないなって」

　いつもより低い声で、母は淡々と話す。素直に返すのが一番良い選択だろうと思い、

「ありがとう、わかったよ」と、僕は言った。

　母はホッとしたように、「先生の空いている日、訊いておくね」と言って、残っていたピザを口に運んだ。

　そして「あんたはさ」と手についた汚れを紙エプロンで拭《ふ》いて、僕の顔を見上げる。

「なに？」

「あんたは大丈夫なん？　東京の部屋とか。どうするのん」

「部屋？」

　僕も、母をじっと見返す。いつのまにこんなに、目尻《めじり》に皺が出来たのだろう。

「引っ越しとかってこと。二人で住んでたから、家賃とかね、高いでしょ」

「それはそうだね」

「手伝おうか？」

断ろうと思い、うーん、と言うと、母の方が先に口を開いた。

「あのね、無理はしちゃダメなの、お父さんの時、私無理しちゃってね。なんでも一人でやらないと、って思い込んじゃったから。それが良くなかった気がする。お父さんが死んじゃってから、色々あったしねえ」

僕は頷き、どう返すべきかを考えた。母が自分の過去を、良くなかったと冷静に振り返っていることにも、躊躇いのようなものを感じた。

「元気になって良かったね」

悩んだ末にそう僕が言うと、母は曖昧に微笑んだ。

「あんたも。元気になってほしい。無理しないでってのと、元気になって、っていうので矛盾してるようだけど、その矛盾はね、時間が経てばなにか別のものに変わるから。大丈夫。大丈夫よ」

僕は、頷いた。母の言いたいことが、わかるようでわからなかった。

僕はいま、母からグリーフケアを受けている、なんてことを思ったけど、言わずにおいた。

かわりに、「警察には、今も行ってるの？」と、訊いた。

「え？」

「警察。前は、月に何度も行ってたじゃない」

ああ、とうなるような声を漏らすと、母は黙り込んだ。ちょうど陽が翳《かげ》り、店は水に沈んだように暗くなって、母の顔に影が差した。

僕が中高生だった頃、母は度々、警察署に行っていた。月に一回か、多い時はそれ以上だったと思う。通り魔犯の捜査に進展がないか、確認するためだ。

何かあれば連絡が来るはずだから、わざわざ行く意味は無い。それでも母は自分から行かないと気が済まないようで、かつ毎回どこかすっきりした感じで帰ってきていたから、ほとんど依存症のようなものだと僕は思っていた。

「今はもう、あまり行かんくなったよ」

母が答えた。

「事件を担当してくれた長谷川《はせがわ》さんがね、定年になったから。もちろん諦《あきら》めたわけじゃないんだけど……もう行ってもねえ」

「そっか」僕は軽く返事した。

母にとって、父の死が遠くなっていることに、複雑な気持ちになる。

かつては母の悲しみからの脱却を、当然のように願っていた。その感情的な性格や、物欲に支配された生活は、父が死んだせいで始まったものだから、喪失の悲しみさえ癒《いや》されたなら、快活で朗らかな母が戻ってくるとも思っていた。

けれど悲しみというものは、ただ遠くに行くだけで、代わりに明るさを連れ戻したりはしてくれなかった。疲れた母の目は、老いていた。そういう動物のように、食べる手つきは緩慢で覇気がない。この人から自分が生まれてきたんだと思うと、不思議な気持ちにさえなった。

時間は、様々なものを奪っていった。元の母に戻って、一緒に元気に暮らすなんてことを想像していた僕は、どれほど幼かったのだろう。

気付くと客は僕たちしかおらず、少し急いで店を出た。駅前まで一緒に歩いたけど、買い物に行くと言うので、母とは駅前で別れた。

去っていく母の後ろ姿を見送るその勇気が、なぜか僕には出なかった。

◇

週末、指定された場所へ向かうと赤の軽自動車が停まっていて、開いた窓から池内が手を振るのが見えた。

買い出しを済ませてくれていたようで、後部座席には、食材が顔を覗かせるスーパーの袋や、リュックサック、折り畳みチェアなどが所狭しと詰め込まれていた。

「すみません、特に何も持ってこなくて。買い出ししてもらったやつ、後でお金出しますね」

「良いよ、気にしないで。それより森下くん、キャンプは経験者？」

「実はやったことないんです。すみません、力になれないです、多分」

「始めてみると良いよ。ハマるからさ。まあ今日は見といてよ」

どこまでも頼もしい人だ、と僕は思った。

キャンプ場へ向かう道中は、池内のセレクトした音楽が、メドレー形式、かつ大音量でお届けされた。ザ・クロマニヨンズ、中島《なかじま》みゆき、吉田拓郎《よしだたくろう》、エレファントカシマシ。

池内は一言も雑談を挟まず、全曲をフルコーラスで歌い上げた。歌詞の間違いもなかったし、バリトンの良い歌声だった。僕も、知っているところは一緒に歌った。腹から声が出て、気持ちよかった。

池内が連れ出してくれたのは、冬はスキー場になる、丘地のキャンプ場だった。子どもの頃に、友達と遊びに来たことがあった。駐車場で車を降りると、さっそく森の香りに包まれた。川のせせらぎが耳に心地好かった。

料金は前払い制で、池内は二人分を支払ってくれた。管理人は気のよさそうな白髪の老人で、池内とは顔見知りのようだ。

そういえば――今日はまだ、池内がぷりちゃんと話しているところを見ていなかった。

車は四人乗りの後部座席が埋まっていたから、ぷりちゃんの乗るスペースは無かったはずだ。今日は、連れて来ていないのだろうか。

池内当人は、鼻歌混じりに荷物を車から降ろしている。僕はそれを手伝って、割り当てられたスペースへ、二人で荷物を運んだ。

池内はキャンプに慣れているようだった。テントを組み立てる時なども、僕はポールを持ったり、ロープを地面に押さえておいたりするくらい。ほとんど役に立たなかった。

池内が薪《まき》を割り始めると、いよいよやることもなくなって、地面に座ってぼんやりした。空を見上げると鱗雲《うろこぐも》が広がっている。じっと見ていると、風に乗った雲は思いがけず速く動いていた。なにを思うでもなく、ただそれをずっと見上げていると、声が聞こえた。

声の方を見ると、池内が何かを話しているようだった。

「そこらへんで休んどいて。あまり遠くへ行っちゃ駄目だよ」

「ああ、すみません」僕は咄嗟《とっさ》に謝った。

池内は顔を上げて、

「え？　ああ……そうね。森下くんも、見てるだけでいいから」僕に微笑んだ。

一瞬、状況が飲み込めなかったけど、僕ではなくぷりちゃんに池内が話していたのだと気が付いて、恥ずかしくなった。

――どうやら、ぷりちゃんは来ているようだった。車、荷物だらけでどうやって乗ったのだろう。狭くなかったのかな。

割った薪を一箇所に集め、しゃがんで着火剤を取り出す池内に、気まずさを紛らわせようと僕は質問した。

「ぷりちゃんさん、来てるんですね？」

「うん。来てるけど？」

「そうですか」

「ってか来ないわけないじゃん。ねえ？」

右隣に向かって、池内は声をかける。その声には、どこか苛立《いらだ》ちのようなものが宿っていた。

手元を覗くと、どうやら風を受けてしまって、なかなかチャッカマンで火がつかないようだ。

池内の右隣は、風上だ。風はぷりちゃんを通過するらしい。

それが面白くて思わず、ふっと声を漏らしてしまった。

「なに？」

池内が、怒ったような声を出した。

「え？」

「なんか笑ってるから。感じ悪いんだけど」

「すみません」僕は謝った。

「手伝ってよ。風で火つかないからさ」

「じゃあそこ、座ります」

もしぷりちゃんが居たらどうしよう。僕は池内の隣に、恐る恐る足を踏み入れた。

すると足は空を切り、地面に着いた。一安心だ。

しかし座って風よけをしているうち、また別の考えが浮かんできた。

もしかして自分は今、ぷりちゃんとちょうど重なってしまっているのではないか。

一度そう思うと、気が気ではなくなってしまった。

「あの、ぷりちゃんさんなんですけどね」

おずおずと切り出すと、

「ぷりちゃん、で良いよ。言いにくいでしょそれ」と、池内が言った。

「大丈夫ですかね。一応、ご本人に訊いてもらっていいですか?」

僕は苦し紛れに訊いた。

「え、大丈夫でしょ」

池内はほんの一瞬、僕の後ろを見やった。どうやら重なってはいなかったらしい。ホッとしていると、薪に火がついた。

「ねぇねぇ。美紀ちゃんとはどうなの?」

薪に調子よく火が燃え移っていくのを見て、池内は機嫌を取り戻したようだった。

「どうって。普通ですよ」

「普通? うまいことやれてる?」

「普通です」

「なんか、普通って寂しいよ」

池内は、辺りをきょろきょろと見回して、

「あれか、いま美紀ちゃんいるから、恥ずかしくてそんなこと言うのかな。良いね、若いね」

と、いつもの調子でニカッと笑った。

僕はうまく返事が出来なかった。なんとなく話題を変えたくて、野菜でも切ろうかと立ち上がった。

「ぷりちゃんもさ、森下くんと美紀ちゃんのこと、羨《うらや》ましいってさ」

「そうですか」

「二人くらいの年齢の時、俺らどんなデートしたっけなあ。もう結構忘れちゃったなあ」

「ぷりちゃんって、話すんですよね。どんな風に声が聞こえるんですか？」

「どんなって、普通に生きてた時と一緒だけど。え、なに。まさか美紀ちゃん、喋んないの？」

しまった、と思った。池内は鋭かった。

「実は……そうなんです。喋ってくれなくて」

隠してもしょうがないと思って打ち明けると、

「そっか。美紀ちゃん、喋らないのか。それは気になるね」

池内の表情に、深刻さが宿った。こういう流れになるのが読めていたから、美紀が話さないことについて伝えるのを避けていたのだ。

「なにか間違ってるんですかね、美紀と接する方法っていうか」

むしろ、相談する良い機会と僕は捉《とら》えようとした。

「ちゃんと甘えてるんでしょ？」

「そのつもりです。ぷりちゃんも、出てきた最初の頃は喋らなかったとかありますか？」

「いや、最初からめちゃくちゃ喋ってた」

「じゃあやっぱり、僕の接し方が間違ってるんだ」

「だから、間違ってるとかそういうのはないと思うよ」

野菜を切る僕の背後に池内が回った。何をするのかと思ったら、ただ牛肉のパックを手に取ったただけで、焚火《たきび》の方へ戻って行った。

「まあるとしたら、愛が足んないってのはあるのかもね」

「へ？」僕は聞き返す。

「甘えてるのに、喋ってくれないのはさ。それしか考えられないよね」

僕は黙ってしまった。

何を言われたのか、まったく飲み込めなかった。

やがて肉を焼く音が聞こえてきたけど、僕はそのまま何も言えずにいた。

「いや愛が足りないってのはお互いにってことだよ。どっちが愛が大きくてどっちが小さいってことじゃなくて、お互いにね、たぶんちょっと足りてない」

「そうですか」

なんとか返事はしたものの、やっぱりまだ池内の言いたいことがわからないし、なぜそんなことを言われないといけないのかもわからなかった。まるで、知らない誰かと話しているような気持ちになった。

振り返って池内を見やると、網の上で肉を焼いているところだった。トングを片手に焼け具合を確認している。

僕は池内の全身を見て、新しい感情を抱いた。それはあまり抱いたことのないもので、いったいなんだろうと考える。苛立ちや、不信感などとも違う感じがした。言うなれば、目の前の男は、信じるに足る男ではないのかもしれないという戸惑いや、少しでも気を許して打ち解けたことが、やはり間違っていたのだろうという後悔だ。

あるいは、哀れ——僕は池内のことを、まさにそう、思っている気がした。

彼はきっと、誰からも距離を置かれ、生きているのだろう。つきあかりの会の人にも、確実に疎まれていた。孤独で寂しい人間なのだ。だから僕をこうやって、キャンプにまで誘ったりするのだ。自分が、僕より長く生きているというその一点においてだけで、優越感に浸っているのだ。

なにより、ぷりちゃんなんか本当のところ、見えていないんじゃないだろうか。見えているように演じることで、周囲の気を引いているだけかもしれない。むしろそう考えた方が、すべて納得がいく。

いっそのこと、直球で訊いてみるのはどうだろうか。

どうして、ぷりちゃんが見えているフリなんかしてるんですか？

訊いたところで、まともな答えは返ってこないだろう。僕は平静を装い、別の角度から質問を投げかけることにした。

「池内さんとぷりちゃんは、どうなんですか？」

「ん？」

「愛は、足りてるんですか？」

「いきなりどうしたのよ」

照れたように池内が笑った。

「俺らはさ。だってほら、長いじゃん」

「長い？」

「一緒にいる時間がね。もう二十年経つよ」

「それは、長いですね」

努めて軽い口調で、僕は言った。池内は腰に手を当てながら、肉を焼いている。

「だから、愛っていうよりは、情みたいなものかもね。長くいることで生まれてくるものだからさ。阿吽《あうん》の呼吸みたいな。ほらよく言わない？　一緒にいても空気みたいな感じっていうかねえ。ぷりちゃんは空気みたいなもんだよ、うん」

焼けた四枚の肉が、四枚の紙皿それぞれに、載せられていく。脂の多そうな肉だと思った。

「ぷりちゃんが空気だとして、空気は喋らないですけどね」

精一杯の皮肉で僕は返したのだけど、

「それはそうだね、ごめんごめん」と、手を叩いて笑われた。

「まあこれは、長く一緒にいた人しかわかんない感覚だから。ごめんね。ねえ？」

肉を頰張り、やべえうめえ！　と大きな声で叫んだ池内は、

「森下くんと美紀ちゃんもどうぞ」

と、肉の載った皿を二つ渡してくれた。当然、食べる気になどなれない。だんだんと、僕は腹が立ってきていた。美紀はこの肉を食べられないのに、一体なんのつもりで渡してくるのだろうか。ふざけるな、という気持ちにさえなった。我慢ならなかった。

「イチボっていうの、うん。え？　どこの部位かって？　知らないよそんなの」

ぷりちゃんと戯れ出した池内を横目に、僕はその場を離れた。


少し歩くと、川のほとりへ出た。

頭を冷やそうと、深呼吸をする。両腕を頭の上へ伸ばしたら、首回りに強い張りを感じた。デスクワークを主な生業《なりわい》にしていながら、身体に凝りを感じたことがない健康体が自慢だったのに、今は全身が張っている。首を曲げると、痛みが電流のように走った。どうすれば良くなるのかわからず、あてずっぽうに腕を振り回した。でもそうすると、余計に肩が凝ってしまうような気もして、身動きが取れなくなった。どうすれば良いか、わからないことばかりだ。

僕は、美紀を愛していた。そんなこと、ここ最近考えたことがないほどに、当たり前のことだった。

それでも僕には、愛が足りないらしい。

池内の言うことを一笑に付したいのに、どうしてそれが出来ないのだろう。地面に立っている感覚が揺らぎ、足元が少し震えていることに気が付いた。

僕は、言葉を探す。言葉はいつも、波の上に揺れる小舟のように安らぎをくれる。しっくりくる言葉さえ見つかれば、視界はきっと晴れる。

なのに、何も浮かばない。

視界が歪《ゆが》む。色を失う。目の前を流れる川面《かわも》を見ていても、聴覚さえ力を失っているようで、なにも聞こえてこない。

ふと地面を見ると、人差し指ほどの大きさのミミズが、渦を巻くように横たわっていた。蟻たちの群れがその上を行き来していて、ミミズは、生きているのか死んでいるのかわからなかった。自ら選んだもっとも楽な状態で、横たわっているようにも見えた。

しゃがんでミミズに触れてみる。人差し指で突《つつ》くと、柔らかさと弾力の両方が伝わった。雨を含んだ、土の匂いがした。

ふと、美紀の膨らんだ胸が浮かんだ。美紀の首元や、腰のくびれのこと。どうしてそんなことを思い出したのかがわからず、生唾《なまつば》を飲み込んだ。

何度も愛した美紀のそれらには、思考や感覚を超越したようなたまらなさがあった。デスクライトの暖色に、淡く照らされた美紀の身体を撫でる。背中の産毛の柔らかさが指に伝わる。甘く肌を舐めると、安らぐ皮膚の温度を感じる。身体を横にして、胸を口に含む。

耳元に、美紀の吐息を思い出した。

他の誰にも感じたことのない強い性欲を、僕は美紀に抱いていた。浮気らしい浮気をしたことは、なかった。愛が足りないなんてことは、ないはずだ。


じゃあ美紀は、どうだったのだろう。

仕事柄、接する人は多かった美紀だ。付き合いたての頃に僕はそれが心配で、夜に返信が遅いと、ちょっと動揺したりした。

確たる浮気の証拠を摑んだとか、具体的な疑いを持ったということはなかった。

――けれど。

ごめん寝落ちしてた、と明け方に返事が来たことが、何度かあった。まだ一緒に住んでいない頃のことだ。

ああいう時美紀は本当に、寝落ちしてたんだろうか。

一緒に住むようになってから、美紀のスマホのパスコードを、僕はうっかり見てしまわないように気をつけていた。それを知ると、絶対に個人的なやり取りを調べてしまう。それくらいの賢明さは、持ち合わせていた。

でも、いっそのこと調べておけばよかった、と思う。

普通は、どうなのだろう。愛する人のスマホのパスコードというのは、知っているものなのだろうか。たとえば池内は、ぷりちゃんのを知っていたんだろうか。

ねえ、美紀。

――こんなことを考えている僕は、愚かだよね。ごめん。本当にごめん。

でも、わからなくなってしまった。

美紀は、僕を愛していたの？

僕は、美紀を愛せていたの？

でもきっとこんなこともう、どうだって良いんだ。どんなに二人が愛していたとしても、愛せていないところがあったとしても、この先会えないのだとしたら、それを確かめる術《すべ》や意味などないのだから。

地面を見ているはずなのに、眩《まぶ》しさを覚えた。顔を上げると、いつの間にか太陽が真上に昇っていた。

吹き抜けた風に乗って、花の香りがふと鼻腔《びこう》をくすぐった。甘い、柔らかな香り。美紀の好きだったそれだ。

立ち上がって辺りを見回すと、川にかかる橋が見えた。焦げたような茶色の木造の橋で、遠目に見ると全体に朽ちているのか、そういう色なのかわからない。

橋のたもとに、人が立っていた。

いつもの、薄水色のカーディガンだ。

「みぃ」

紛れもなくそれは、こちらを見つめる美紀だった。

ほんの少しの間、目が合っていたように思う。やがて美紀が、ゆっくりと歩き出した。

僕はもちろん、後を追いかけ始めた。背中がゆらゆらと目に映るのは、美紀の服が風に揺れているからだろう。

橋まで行くと、美紀はもう橋の真ん中のあたりまで渡っていた。

「ねえ」

と声をかけても、美紀は背中を向けたまま、歩くのをやめない。五十メートルも離れていないだろうから走る必要はないけれど、どうして立ち止まってくれないのだろうと、僕は悲しくなった。

人一人がちょうど通れるくらいの狭さの橋で、歩くと頼りなくみしみしと揺れた。腰より少し高いところに据えられた木の柵《さく》に手を添えながらゆっくり渡り終えると、急に視界が木々に遮られた。この先は人が立ち入ることが想定されていないようで、道がぷっつりなくなっている。膝《ひざ》の高さまで伸び放題になった草に覆われているのに、美紀はそれでも、立ち止まらずに先へ進んでいく。

美紀の背中を遠くに見つめる。それは小さいけれど、消えそうだとか見えなくなりそうだとかそういうことはなくて、距離を保ったまま僕を先導してくれているようだった。僕も迷わず、足を踏み入れた。

突如頭上から、大きな鳥の鳴き声が鼓膜に飛び込んできた。

驚いて見渡すと、いつの間にか辺りは薄暗くなっていた。森の木々が、空を覆い隠しているせいだ。先へ進むと、ところどころから光が射し込んでいて、これはなんだろうと考えているうちに、仕事で取り扱った印象派の絵のことを思い出した。

眼に映る光景は、木々の緑をベースに、時折地面を明るくする赤い沈丁花《じんちょうげ》の花。そして美紀の薄水色の服。暗いトーンの中にも、光の射し込む部分はしっかりと眩しい。すべてが調和していて、過ぎていく時間のほんの一瞬が、美しく切り取られていた。

僕は世界を描く術を知っている。そう思えて、嬉しくなった刹那、揺れていた美紀のシルエットが急に静止した。

美紀が、僕の方を振り向いた。その顔は、優しく微笑んでいた。僕も微笑み返すと、なぜだか懐かしさが胸にこみ上げてきた。

すると美紀が、一歩一歩僕に向かって歩き始めたのだ。まるでなにか、感動的な瞬間がこれから訪れるかのようだった。僕は駆け出したくなるのをこらえながら、一歩一歩、美紀へ近づいた。

と——ひんやりとした石の硬さを足元から感じた。

僕は途端に気が散ってしまった。霧がかかっていくように視界は曇り始め、美紀の姿も、遠ざかっていくかのように見えた。

慌てて駆け出そうとする。けれど足に何かがまとわりついて、うまく進めなかった。

早くしないと、美紀がまたどこかへ行ってしまう。さっきまで持っていた美紀への意識やイメージを、もう一度手繰り寄せる。僕が美紀に集中してさえいれば、美紀は消えない。消えたりなんかしない。

耳元に、水の流れる激しい音が飛び込んできた。

そしてどぷんという音がして、気が付いた時には転んでしまっていた。大量の水が口に入ってきて、慌てふためいた。

息がうまく出来ずに藻掻《もが》くうち、自分は今、川の中にいるのだと気が付いた。水を蹴《け》っても、地面に届かない。このままでは、溺《おぼ》れてしまう。

そう思った矢先だった。

後ろから、腕をなにかに強く引っ張られた。

「おい！　しっかりしろ！」

羽交い締めにされるように、背後から力いっぱい引き上げられた。

眩暈《めまい》をこらえる。喉《のど》の奥が握り締められるようで、咳が止まらない。思ったより、大量の水を飲み込んでしまっていたようだった。

急激な水流の音が耳を打った。

我に返って見渡すと、辺りは一面、川だった。僕が嵌《はま》ったのは、ちょうど岩場がなくなって、水深が深くなるところのようだった。

「おいっ！　大丈夫か」

川辺に僕を引っ張ってくれたのは池内だった。

「すみません……すみません」

僕は何度も謝った。自分の身体が震えているのがわかった。それは服が濡《ぬ》れたせいだけではないと思う。彼岸に目をやると、美紀は当然のように、もういなくなっていた。

池内に連れられてキャンプ場へと戻った。美紀を追いかけて歩いたけもの道は、ずっと木漏れ日に溢れていて、見ていたものが嘘だったと教えられた。

着替えを済ますと、キャンプは切り上げて帰ることになった。

行きは陽気だったのに、車の中で池内はずっと黙ったままだった。こんな時こそ、いつもの感じで話しかけて欲しかった。

沈黙の中、美紀への問いが僕の胸に渦巻いた。

ねえ、美紀。君はいったい、なにがしたいの——？

問いかけても、返ってくることはきっとないのだろう。

◇

その夜、僕は美紀と会わないことにした。

川に入った冷たさは、時間が経てば経つほど追いかけてくるようで体調を崩してしまい、何も食べずに眠りについた。

ベッドから身体を起こしたのは、次の日の夕方だった。熱は出ておらず、母が作り置きしてくれていた生姜《しょうが》汁とお粥《かゆ》を、温めて食べた。

夜に牛丸さんから、電話があった。着信があったけど出る気になれず、コール音が鳴り終わるのを待った。折り返すかどうか迷っていると、メッセージが送られてきた。

なんでも週末、地区で開かれる野球大会があるのだという。人員が足りていないので良かったら来ないか、という誘いだった。

『考えておきますね』

と、曖昧に返事をした。恐らく行かないだろうな、とも思った。

なんとなく本棚から、高校の頃に買ったまま読んでいなかったミステリー小説を手に取った。読み出したけれど、文字が頭に入ってこない。

ベッドに横になって目を閉じても、世界と自分を繋《つな》ぐ糸がぷっつり切れてしまったようで、辛かった。

そしてなにより、喉が渇くように美紀に会いたくなっていた。

会いたいから、会いに行く。ただ、それだけのことだ。

――気が付くと、僕は台所に立っていた。

腹が減っているからという言い訳は、用意しない。美紀に会いたいから、カレーを作る。ただそれだけのことなのだ。

美紀の教えてくれた調理の仕方を、なるべく丁寧になぞりたかった。いつもより時間をかけて具材を切り、鍋に入れる水の量も拘《こだわ》った。

ルーを入れ、鍋をかき混ぜ始めた時、玄関から物音が聞こえた。せっかく集中していたのに邪魔が入ったようで、思わず顔をしかめてしまった。廊下に出てみると、母がまたどこかへ出かけたようで、車のエンジン音が遠ざかっていった。

魔が差した、というのはこういうことを言うのだろうか。僕は導かれるようにして廊下を歩き、母が普段寝起きしている仏間の襖《ふすま》を開けた。明かりがつけっぱなしだった。

まず目に入ったのは、部屋の奥に敷かれたマットレスだ。その上には、皺の寄った薄手の毛布が無造作に置かれている。脇には衣装ラックがあって、数着の服がハンガーにかけてあった。まるで旅館に長期滞在をしているかのような生活感だ。

父の仏壇の扉は閉められ、遺影だけが床に置かれていた。

視線を動かしていくと、ローテーブルに資料、訪問診療に使うものと思わしき注射器などの医療器具が、雑多に並べられているのが目に入った。

そして机上に——鍵が置かれていた。僕は迷わず部屋に入り、それを手に取ってみる。

罪悪感よりも、確証めいたものの方が勝っていた。これは二階の部屋の鍵で、母は仕舞い忘れたまま、外に出てしまったのではないか。

はやる気持ちをおさえながら、部屋を出た。

二階へと上がり、廊下を渡った奥の部屋に、鍵を差し込む。はたしてその鍵は、鍵穴にぴったり一致して、ガチャリと小さく音がした。

引き手を引いて、ゆっくりと室内に入る。窓のカーテンが半分だけ開けられており、そこから薄青い街路灯の光が漏れていた。

視覚が暗がりに適応していく。室内は激しく散らかっていて、足の踏み場がほとんどなかった。

目に見えるものの、ほとんどが服だ。婦人服が無造作に積まれている。一つ一つはビニールカバーに包まれたままで、新品同然のものばかりだった。

数年前よりも、荒れ具合が酷《ひど》いように思った。埃《ほこり》やカビの臭いに、わずかに婦人用香水のそれが混じっている。窓をしばらく開けていないのであろう空気のこもり方に、気分が悪くなった。十畳ほどの室内の真ん中、かつて父と母の使っていたベッドが置かれているはずが、ものが溢れて埋もれてしまっている。

部屋の奥を見やると、衣装部屋に明かりがついているようで、扉の隙間からは光が漏れていた。

よく見ると、衣装部屋までの途中に、潰《つぶ》れた段ボールやビニールカバーを剝《は》いだ服などが、雪道の足跡のように点在していた。母もここを通っているのだろう。誘《いざな》われるようにして、それらを踏みながら衣装部屋へ進んだ。

中へ入るのは初めてだった。鍵が掛かっていたらどうしようと思ったが、扉はすんなりと開いた。三畳ほどの小さなスペースだ。白い小さなテーブルと、椅子が置かれている。

開けてはいけないものを遂に開けてしまったような後悔が、僕を襲った。

それくらい、異様な光景だったのだ。

壁に大きなコルクボードが掛けてあり、そこにびっしりと、写真と新聞記事の切り抜きが貼られていた。これ以上は、何も見たくはない、知りたくもないと思ったが、今更引き返すことなど出来ない。

写真を一枚一枚見ていくと、路地のような場所で撮られたものが多く並んでいるのがわかった。それらは暗がりで、かつ遠巻きに撮られたものであるゆえ、被写体が確認し辛かった。しかし一枚だけ、見慣れた場所で撮影された写真があった。

この家の一階、台所だ。

ニカッと笑う男と目が合った。思わず「ああ……」と声が漏れた。他の写真を確認する。どの写真も、被写体は同じ。牧田さんだった。

コルクボードに貼られた、新聞記事の切り抜きに目を移す。いくつかは父の通り魔事件についてのものだったけど、ほとんどは関係のない事件の記事のようで、どれも家の近所で起こった事件のもののようだ。

牧田さんの写真と、無数の記事。

これらから導かれることは、一つしかない。母は、牧田さんを犯人候補に、独自に捜査を続けていたのだ。

「なんだよ……もう」

言葉を発さないと、正気を保つことさえ難しいような気がした。

脳裏に、十五年ほど前、僕が中学生だった頃に起こったことが蘇った。思い出したくもなくて、封印していた記憶――近所の果物店で、強盗事件があった。

その時店番をしていた老女が、助けを求めて店の外に逃げようとした際に転倒した。命に別状はなく、被害としても少額の現金が盗まれた程度だった。

どういうわけか、母はそれを、父が襲われた通り魔事件と、同一人物の犯行だと信じて疑わなかった。

警察の捜査はぬるくて信用ならないと、入院中だった被害者の老女のもとへ母は押しかけた。そして犯人の特徴を聞き出して似顔絵を描き、駅前のロータリーなどで配った。

当初、母の行動は奇異の目で見られていたけど、被害に遭った老女が近所で慕われる存在であったことなどが、追い風になった。

捜査への協力態勢が民間で出来上がっていき、警察さえもその力を頼るようになった。

——やがて三ヶ月が過ぎた頃だったか。犯人が、自供した。唯一の手掛かりだった、容疑者が店で暴れた際に落とした手袋と、指紋が一致した。犯人は一人暮らしの初老の男性だった。株に失敗して金に困っていたのだという。

事件は落着したのに、母はみるみる気力を失った。

父の事件の通り魔犯は目撃証言などから、十八歳前後の、金髪痩身《そうしん》の少年だとされていたのだ。強盗で捕まった男性とは年齢も体格も違ったし、おまけに彼は、運転免許さえも所持していなかった。

家が散らかり始めたのも、ちょうどその頃だったと僕は記憶している。

それでも母は、まだ犯人逮捕を諦めたわけではなかったのだ。

「……プライバシー、あると思うんやけど」

突然聞こえた声に心臓が飛び出るかと思い、身体が前につんのめった。

振り向くとすぐ後ろ、衣装部屋の入口に母が立っていた。その目はまっすぐ、こちらを見つめている。

「なんで？　なんでこんなことするの？」

僕は言葉を探したけど、的確なものが見つからなかった。

「ごめん……鍵が、一階のとこにあったから」

「それを忘れたのに気付いて、戻ってきたの」母は間髪を容《い》れずに返してきた。

そして母の視線は、僕の背後のコルクボードへと移った。

「この人、牧田さんやんね」

躊躇いながら、僕は訊いた。

小さく頷いてから、ぼそぼそと、独り言のように母は語り始めた。

「目撃証言があったの、覚えてる？」

「……覚えてるよ」

「当時十八歳くらいの少年。二十年ちょっと経った今、牧田くんは四十歳。あの時も、犯人は黒いフードのパーカー、羽織っとったって」

撮影された牧田さんの写真は、たしかにいずれも、黒のパーカーを羽織っていた。

「彼、一度大阪に出たって言うとったやろ？　その時期が、お父さんの事件の頃と一緒なんよ。だから事件起こして、それで大阪へ逃げたんじゃないかって」

言葉を重ねるごとに、母の語気は強くなっていく。隠していたことがバレてしまったことに、開き直っているかのようにも見えた。僕をどうにかして納得させたいという気概のようなものも感じ取れた。

「警察には、このこと言ったの？」

そう訊くと、母はさらに調子づいた。

「もちろん。でも相手にされんかった」

「だろうね」

「警察はあてにできん」

「牧田さんは知ってるの？　父さんが通り魔で死んでるってこと」

「言ってない。病気で死んだって、嘘言った」

「どうして？」

「そうすれば、いつかボロを出すかもしれないでしょ。お父さんのことで私が伝えてないこと、向こうが言ったりしたら、もうそれが決め手になるじゃない。私、ボイスレコーダーも回してるのね。あんたも一緒に何回か、ご飯食べたでしょ。そんときも隠れて回してたの。気付かなかったでしょ？」

さすがに驚いた。そこまでの執念を持っているとは思わなかった。

母の声に血が通うのと比例して、僕は苛立ちを感じ始めていた。

「母さん、殺人犯かもしれない人と一緒にいるってことやろ。もし向こうが、母さんがしてること知ったらどうすんの？」

「それはわかってる。でも、こんなチャンスもうないんだから。証拠を摑むのよ」

「……証拠？」

「牧田くん、よく一人で飲みに行っとるで。なんかすると思うんやさ、そこを見張っとるの、こっそり。今もそれをしに行こうとしてたところ。なんか物盗んだりな、そういうの見たら、警察に連れていけるやろ」

返す言葉が、見つからなかった。

動き出したように見えていた母の時間は、止まったままなのだ。父の死によって受けた衝撃で緩んだ精神の地盤に、母は今になっても尚《なお》、足を絡め取られているのだ。

「いつまでやるんだよ、捜査ごっこ……前も通り魔犯じゃない人見つけて騒いでさ、さんざん迷惑かけたじゃん」

「……迷惑？」

母の身体が、ぴくっと震えた。

「迷惑なんて誰にもかけとらんやろ。まさか自分になんて言わんよな？」

無表情にこちらを捉える瞳《ひとみ》がまるで般若《はんにゃ》のように冷たくて、ああ母は、なにか憑物《つきもの》に憑かれているのかもしれないと思った。

「あんたには好きなようにやらせた。なんの相談もなく東京の大学行って。学費やって私がちゃんと出したやろ」

「……それは関係ないやろ」

「あるやろ。あんたは好き勝手生きたって話。それを何を偉そうに。一人で生きたような顔して」

母の怒声を浴びて芽生えた感情。それを、僕は知っていた。父が死んでから、幾度となく癇癪《かんしゃく》をぶつけられた。どうしてこんなのが自分の母親なのだろうと、その度に思ってきた。

「あんたはなんよ、ずっと知らんぷり。お父さんのことも、私のことも、ずっと知らんぷり。それでも息子？　親不孝。育ててもらった恩も捨てて。自分だけよければそれでええのね。親不孝者！」

一度火がつくと、母は止まらない。思いつく言葉が無くなるまで、そして脳に回った快楽物質が切れるまで、母は何かを言い続ける。

僕は、「もういいよ」と言って、その場を離れることにした。

勢いよく歩き出すと、母は恐怖を感じたように後ずさった。いつの間にか、僕より小さい背丈だ。僕の腕と母の肩がぶつかって、母が転がりそうになるのを、扉にしがみつくような恰好《かっこう》で堪《こら》えるのが視界に入った。

僕は構わず衣装部屋を出て、床に溢れる物の山に引っかからないよう、バランスを取って部屋を抜ける。途中、何かを強く踏みつぶす、ぐしゃりという音が聞こえた。足の裏に痛みが走る。いったいどういう精神状態で生きれば、この怠惰な状況を放置しておけるのだろう。そんな怒りが今更ながらに湧いた。

廊下に出ると、冷えた空気が顔を覆った。ようやくまともに呼吸が出来る。自分の部屋に入ろうとドアノブに手をかけたところで、追いすがるような声が背後から聞こえてきた。

「なあ！　大した事はしてないの」

僕はそれを、無視しようとする。けれどどうしてか、身体が静止してしまう。

「遊んどるの。復讐《ふくしゆう》ごっこみたいなもの。本当に牧田くんが犯人やとは思っとらんよ。なにって、想像しとるだけ。お父さんの願いを叶える想像。それをしてるだけでな、心が軽くなるの」

「しんくていいよ、そんな想像」

自分の声が、震えているのがわかった。廊下の壁にそれは乱反射して、行き場をなくして堕《お》ちて行く。

「……どうして」

「だっていつまでも父さんのこと忘れんで、そんな風になるんやろ。ゴミだめに住んでるの、父さんのせいにすんなよ……自分の人生生きろよ」

しばらく反応が無かった。

振り向くと、全身の毛を逆立て威嚇する猫のように、拳《こぶし》を握って、母は身体を揺らしながら立っていた。

「そんなこと簡単に言わんで……お父さんがどんだけ悔しかったか。なぁ、あんたと私を残して、どれだけ苦しい思いで旅立ったか……あんたにはわからんさ！」

「……わかんないよ」

母の目から、涙が零れているのが見えた。

「なにを偉そうに。知ったふうな口利いて」

「偉そうになんか言ってない！」

自分でも、驚くほど大きな声が出た。

「どっちの方が偉そうなん？　そうやって感情的になってさ。自分でバカだって思わないの？もしかして偉いから、お気付きにならない？」

「……なあ。あんた」

聞いたことのないような低い声で母が唸《うな》った。ロボットやＡＩの声のように聞こえる。もしかして僕は、母を人だと認識できていないのかもしれない。

「あんた……あんたこそ、どうすんの」

そう言いながら母はゆっくりと、僕のもとまで歩いてきた。

「美紀さんの事故のあれで、車、乗ろうとしんやろ。駅から乗った時も、ずっとそわそわしとったし。家でも時々一人でぶつぶつ言ってるし。話題に出すと、良くないって思ったからせんかったけど……おかしいよ、あんた」

急所を突かれたようだった。隠れて美紀と会っているつもりだったから、一人で話しているような瞬間は見られていないと思っていたのだ。

「なぁ。心配なんよ。東京の部屋どうすんの、なぁ？」

背筋に寒気が走った。母の、甘い声だ。気が付くと、僕と母との間に物理的な距離はほとんど無かった。切実な、いかにも僕を思っているというその母の目つき、そして声色に、僕はまったく抵抗できない。力を振り絞るかのように、

「放っといてくれよ」

と言い返すのが、精一杯だった。

「放っとけんよ、なぁ。あんたどうすんの？」

母が、僕の両腕を摑んだ。

「……離して、母さん」

「心配なんよ。どうしたら良いかなんて、そんなんわからんやろ。なあ。私もあんたも。どうしたらええんよ。それなのに、なんでそんな悲しいことを言うの。悲しい物言いをするの。ねえ!?」

「離せよ！」

気付いた時にはもう、その弱く老いた肩を、目いっぱい突き放していた。

「頼むから放っといてくれよ」

階段を降りる。少しでも、母から離れたかった。人が人としていられる域を遥《はる》かに超えた苛立ちだ。

そして同時に、言いたいことが言えてこれで良かったのかもしれないと言い聞かせる心理が早くも働き出していて、ああ自分は本当に親不孝なのかもしれない、と思った。

居間に入ると、ぐつぐつと煮立つ音がして現実に引き戻された。煙が立ち込めている。カレー鍋を火にかけたまま、台所から出てしまったらしかった。

急いで火を止めた。鍋の中のカレーはとっくに煮詰まっている。鼻を突く、焦げたカレーの臭いがあまりに情けなかった。

冷静になろうと居間の椅子に腰かけるけど、もうなにがなんだかわからなくなっていた。

僕は自分の足の、太もものあたりをぶった。何度も何度も、拳で力強く殴りつけた。

太ももの柔らかさで痛みは緩和されるけど、何度も殴っているうちに、痛みが皮膚と肉を超えて神経に達する感じがした。

限界を感じても殴り続け、僕は咆哮《ほうこう》し、食卓を思い切り蹴り上げた。

載っていたノートパソコンやテレビのリモコンが音を立てて落ちていき、そのすぐ後で、食卓が床に衝撃を与える音が部屋中に響き渡った。

なにもかもがむなしくて、僕は床に座り込んだ。

動かずにいると、世界のすべてがここだけであるように静かだった。勝手口の隙間から僅かに夜風が吹き込み、床は冷たく、まるでここが夜の底だと教えてくれているかのようだった。

みぃ。どうして、どこかへ行ってしまったの。どうして僕を一人にさせたの。

一人ってのは、こんなに辛いんだ。こんなにも心細いんだ。

みぃといたい。みぃといれば、たとえなにもかもが冷たい夜でも、越えることができるはずなんだ。

「おやすみ」

膝を抱えたまま呟《つぶや》いて、僕は瞼《まぶた》を閉じる。

◇

少しの時間、うつらうつらと微睡《まどろ》んだ。

まったく脈絡はないけど、どこか無機質なコンクリートの部屋の中に閉じ込められて、戯曲を書く夢を見た。上演する予定は特にない、演劇の台本だ。そういう物語の類《たぐい》を書きたいと思ったことは、これまでにない。憧《あこが》れたことくらいはあるけど、才能はないと学生の頃、早々に見限った。そのはずが、夢の中の僕は、机に向かって真っ白な紙にすらすらと、お話のあらすじを書いていた。

書き進める手に淀《よど》みはない。どんどん物語の続きを思いつく。主人公である僕が、どんな出来事に遭遇し、そこでどんな行動をとって、何を言うのか。すべてを想像することが出来た。

思いつくというより、もうすでに知っている、という感じに近かったかもしれない。記憶を掘り起こして、正しいものをあるべき場所にちゃんと整理できているような状態だ。

僕は物語を紡ぎ続け、やがてそれを俯瞰《ふかん》で見つめる僕が分離してゆき、おかしいぞと思い始める。やがてこれが夢だと気付いて、目が覚めた。

倒れたテーブルが視界に入って、否《いや》が応にも現実に引き戻される。気だるい身体を起こして、床に落ちていたリモコンなどを拾い上げた。

テーブルを元に戻すころには、夢の中で思いついた物語はすべて忘れていた。

勿体《もったい》ないことをした、と一瞬思ったけど、物語を書き進めるその感覚や、脳の揺れ方は、余韻として残っていた。

居間を出て、階段を上って自室に戻る。

ベッド脇に置いていたスマホを見ると、牛丸さんから不在着信が入っていた。メッセージも来ていて、『週末の野球、どうですか。深刻な人数不足です！笑』とあった。

と——つきあかりの会で牛丸さんが、なにか物語のことについて喋《しゃべ》っていたのを思い出した。たしか、僕たちは、物語を必要としている云々《うんぬん》。

「そうだ」記憶が少しずつ、鮮明になる。

フードをずっと被《かぶ》ったまま外さない女の子が、歯医者の待合室で本を取り上げられた子どもを見て、自分と一緒だと思ったと言っていた。そしてそのことに、牛丸さんがコメントを返していた。

鞄《かばん》に仕舞っていたメモ帳を調べる。一番新しいページを開くと、『関係性』『変わっていく』『距離感』と、僕はメモをとっていた。

メモ帳には牛丸さんの名刺が挟んであり、『牛丸清太郎』とあった。なんとなくの思い付きで、牛丸さんのことをスマホで検索してみる。すると一番上に、大手ネットショッピングサイトのリンクが表示されて不意をつかれた。なんだろうとクリックしてみると、そこでは、牛丸さんが執筆したものと思われる小説が販売されていた。

『愛する人へ／牛丸清太郎著』

注文しても、本が届くのに最短で二週間はかかるようだ。あらすじらしきものも載っていないので、内容は摑《つか》めない。また本の装丁写真は『no image』となっていて、掲載されていなかった。

出版社の欄には、航中社《こうちゅうしゃ》とある。社名を検索してサイトを見ると、幾つか作品のラインナップが並んでおり、さらに下へスクロールしていくと、『自費出版を目指す方はこちらから』というバナーが掲出されていた。

牛丸さんは、自費出版で小説を出版したのではないだろうか。いったい、どんな小説なのだろう。

僕は牛丸さんからのメッセージをもう一度読み直した。野球をしたいということではなくて、牛丸さんに会って、また話をしてみたいという気持ちが膨らんでいた。

押入れを開けると、かつて使っていたグローブが出てきた。

手をあてがってみると、さすがに少し小さかったけど、使えないこともないようだ。右拳《こぶし》をボールに見立て、グローブをバンバン殴っていると、手になじんでくるような感覚もあった。

『お力になれないかもしれませんが、伺います』

僕は簡単に、返事をした。またすぐに眠気がやってきて、僕はベッドに潜り込んだ。美紀に「おやすみ」と言い忘れてしまったことに気が付いたのは、夢の中だったのか、まだ眠る前だったのか。いずれにせよ、意識はすぐに遮断された。

◇

前日までの肌寒さを忘れてしまった、夏の暑さが戻ってきたような朝だった。市営のグラウンドには砂埃《すなぼこり》が舞い、少しの時間立っているだけで背中に汗が滲《にじ》んでくるほどの熱気だ。

観客席には、二、三十人程度の人が集まっていた。地元の人たちだろう。みな思い思いに団扇《うちわ》で扇《あお》いだり、持参したクーラーボックスから酒の缶を取り出して飲んだりしている。

大会は四チームによるトーナメント形式で戦うらしく、組分けは地域ごとにされているようだった。牛丸さん率いる僕たちのチームは、午後からの開始になる。

一試合目は別チーム同士の対戦ということで、試合の見学をしつつ、簡単な作戦会議が開かれた。重要なポジションであるピッチャーとショートには、野球経験者の二人が連れてこられていた。ともに牛丸さんの高校時代の同級生で、野球部だったそうだ。

「経験者とかいっても、もう何十年前の話だって感じだよな」

ピッチャーを任された、普段は電気工事の仕事をしているという日に焼けた男性がケラケラと笑うが、どうやらこの大会に毎年駆り出されているらしく、この場を楽しもうという雰囲気が伝わってきた。小学校の草野球以来という僕は、打順は八番、守備はレフトを任された。

牛丸さんは、

「八番って打順はね、実はとっても大事で。阪神タイガースの監督は、八番に調子の良いバッターを持ってきたりするんですよ。これが恐怖の下位打線なんて言われたりしてね」

と、フォローを入れてくれた。もっとも一試合目を見る限り両チームとも、外野も八番も、見るからにぱっとしない選手が出場していた。

それなりに白熱した一試合目が終わり、昼休憩を挟んでから、僕の参加する二試合目が開始された。後攻だったので、まずは守備についた。

大方の予想通り、試合中、レフトにはほとんど球が飛んでこなかった。ショートが弾《はじ》いたゴロを拾って内野に送球した以外に、僕の守備の出番は無かった。

また打撃についても、チームになにひとつ貢献することができなかった。二打席連続で三振を喫し、三打席目、僕がストレートを見逃し三振したところで八回裏の攻撃が終わった。

二対〇で、負けていた。

最後の守備につくべく、外野に向かってゆっくり歩いているときだった。

どこからか、野次が飛んでくるのが聞こえた。

「走れよー」

聞き馴染《なじ》みのある声だった。

声の飛んできた方、観客席を見やると、両手を輪にして口元につけ、僕に向かっている池内が視界に入った。

「凡退したんだから、やる気見せろよー」

池内の周りを避けるようにして、そこだけ人がいない。声が飛び続けても、僕はなんでも無い風を装って、視線を送らないように努力した。

と、相手チームの打者の打ったボールが、いきなりこちらに飛んできた。調子を狂わされていた僕は焦ってしまい、落下地点を見誤った。頭上を僅《わず》かに、ボールが越えていったのだ。

慌てて追いかけたけど、ボールの転がるスピードが速く、ようやく捕球して振り返った時にはもう、打者は三塁手前まで到達していた。

ホームをめがけて送球を試みる。けれど、今度はコントロールがきかなかった。ボールは内野の手前で大きく跳ね返り、イレギュラーして三塁側のファールゾーンへと転がっていく。内野手がボールを拾い上げる頃には、打者はとっくにホームへ還《かえ》ってきていた。僕の悪送球で、ランニングホームランを許してしまったのだ。

相手チームの歓声にまじって、「何やってんだもう」とか、「酷《ひど》いよそれは」など、聞こえよがしな池内の声が耳に飛び込んできた。

試合はそのまま流れを引きずって、僕たちのチームは完敗した。動揺したピッチャーが、散々打ち込まれてしまった。牛丸さんだけが、試合が終わるその瞬間まで、応援の声を張り上げていた。

ネット裏の水飲み場で顔を洗っていると、声をかけられた。声の主は、顔を見なくてもわかった。

「しかし運動神経、ひっどいね。野球、やったことないの？」

僕は即座に、無視をしようと決めた。

「意外と鈍くさいよね。さっきのはなに、もう最初からボール捕る気なかったじゃん」

黙っていても、まだ話しかけてくる。僕は何も返さずに、水飲み場から離れた。

ネット裏からグラウンドの入口に戻っても、まだ背後に池内がいる気配があった。

「なあ、聞いてる？　そう不貞腐《ふてくさ》れんなって」

「ねえ、運動神経はさ、昔から無かったの？」

「ねえねえ、無視しないでよ」

無視しても延々と話しかけてくる。

ネットの手前で、落ちていたボールを拾った。顔の前で真上に軽く投げ、キャッチする。ようやくグローブが手に馴染んできたようで、今ならもっとうまく野球ができるような気がした。

「鈍くさいからさ、心配なんだよ。森下くんこの間もさ、川で溺《おぼ》れそうになってたし」

なんのことを言われているのか、しばらくわからなかった。

池内の声に、切迫感のようなものが増した。

「こないだのことだよ。俺、引っ張ってやったじゃん。覚えてるでしょ？」

刹那《せつな》、耳元に川の水流の音が聞こえてきた。池内が、先日のキャンプでの話をしているのだとようやくわかった。

「……ああ。あれは別に」

無視をし通すつもりだったのに、しょうがない。僕は池内の方を振り向いた。

「別に、なんだよ。ってかどうしたの。いつもと感じ違うよ？」

「別になんでもないっすよ」

池内は、まっすぐにこちらを見つめていた。

「引っ張られてるよ、あっちに。自覚ないの？」

「あっち？」

「うん。あっちの世界に引っ張られてる……どうなの？　危ないって自覚あるの？」

「いやいや、ないですよ。大丈夫です」

僕は笑って返した。

「いやいや、大丈夫じゃないと思うよ」

池内は、首を横に振った。それは、とても大袈裟《おおげさ》なしぐさだった。

「大丈夫なやつがさ、あんな奴らとつるまないでしょ。グリーフなんちゃら」

「グリーフケアです」

「それそれ。いやあ……ってか失礼だよね、ケアって。まるで治療が必要みたいじゃない？俺なんかこうやってさ、元気で楽しくやってるのにさ。そんなの必要ないよ」

そう池内が言い終えるかどうか、という時。僕の横を、ボールが掠《かす》めていった。

「うわっ！」

池内の横を通過していったボールは、後ろのネットへ当たって跳ね返った。

「すみません！」

振り返ると、少し離れたところで若い二人の男性が頭を下げていた。どうやらキャッチボールの球が逸《そ》れたようだった。

僕は持っていたボールを、彼らに投げ返してやる。すると球は勢いよく伸びていき、パシンッと、グローブに気持ちの良い音を立てておさまった。まもなく決勝戦が始まるらしく、グラウンドからは、出場者たちの掛け声が聞こえてきた。

池内の隣を横切ってネットまで近づき、落ちたボールを拾った。

「大丈夫？」

誰もいない空間に向かって、放心したように語りかける池内の声が聞こえた。球は池内の隣、ぷりちゃんを貫通したらしかった。

「痛くなかった？　ねえ、大丈夫？」

その声には、悲愴《ひそう》感のようなものさえ漂い始めていた。けど、痛いはずがないだろう、と僕は思った。

だってもう死んでしまっているのだから、ぷりちゃんに痛みなどないのだ。

それなのに、ぷりちゃんには痛みがあると思っているこの人は、もはや、どこまでおめでたいのだろう。

現実を受け入れられないどころか、ちゃんと悲しんでさえいないんじゃないか、とも思えた。美紀がいなくなり、僕が味わった孤独や暗闇の恐怖を、この人は知らないんじゃないか。だからこんなに、薄っぺらく平気でいられるのではないか。

真上にある太陽が、じりじりと頭を焦がしている。拾ったボールを、その縫い目が指に痛いほどに強く握りしめた。

「池内さんは、どうなんですか？」

「え？」

「池内さんは、ケアがいると思いますよ。治療が必要だと思います。一番、ヤバいですよ」

「……何が？」

「死んだ奥さんが、見えるフリなんかしちゃってさ」

「フリ？」

「現実、見ましょうよ」

「うん……これが俺の現実だけど」

どこまでも鈍い人だ。苛立《いらだ》ちが、僕の全身を貫いていく。

「違いますよ。ぷりちゃん、もういないんですよ」

「いるよ」

「どこに？」

「ここに」

自分の隣を見ながら小首を傾げる池内を視界の隅に入れて、気付いた時には、僕はその空間めがけて思い切りボールを投げていた。

「あっ、ちょっと。お前！」

池内が、ぷりちゃんに覆いかぶさるように反射的に飛び跳ねた。

「大丈夫？　ぷりちゃん、大丈夫？」

数歩離れたところに、別の球が落ちていた。僕はそれを拾って、池内の隣に向かってまた投げつけた。

「なにすんだよ、おい。お前正気か」

「どこにいるんだよ」

「は？」

「どこにいるんだよ、ぷりちゃん」

今度はネットの近くに、ボールケースがあるのを見つけた。駆け寄り、持てる限りボールを手に摑む。そして矢を射るような感覚で、池内の隣にボールを投げ込んだ。一球、二球、三球、四球。投げるごとに、投げ込む角度も速度も、精度が上がっていくようだった。

池内は、飛び跳ねながらもう無茶苦茶になっていた。

「やめろって！」

「ぷりちゃん、どこにいんだよ、いねえじゃねえか！」

「いるんだって！」

「いないんだよ！　ぷりちゃんは、もういないんだよ！　いないんだよ！」

と、叫び声がした。

猛烈な勢いで突進してきた身体に、気が付くと僕の身体は地面に叩《たた》きつけられていた。首元に手がかけられた苦しさで我に返ると、目前に、顔を紅潮させた池内がいた。ぐううう、という唸《うな》り声がする。どれくらい首を絞められていたのだろう。身体を強くバタつかせていると、やがて池内の手が離れていった。腕を地面につきながら身体を起こすと、池内が牛丸さんに、羽交い締めにされるのが見えた。

身動きのとれない池内は、ひっくり返された昆虫のように手足をジタバタさせた後、やがて静かになった。牛丸さんは、肩で苦しそうに息をしている。

「ちょっと、どうしたんですか、なんですか!?」

牛丸さんの言葉には返さず、ややあってから池内は、ゆっくりと立ち上がった。顔は地面を向いたままで、少し震えているようだった。また襲い掛かってくるのではないかと身構えると、彼は身体を翻して、よろよろと歩き始めた。そして集まっていた人たちの、輪を解《ほど》くように通っていく。そのまま振り返ることなく、グラウンドを抜け、出口へと歩き去って行った。

「森下さん、どうしたんですか!?　なにがあったんですか？」

血の巡りは速く、心臓が激しく鳴っている。自分がなにをしたのか、整理をしようと思ったけど、頭が真っ白で何も考えられない。

「森下さん、一緒に行きましょう」

気が付くと、牛丸さんが僕の脇に立っていた。

何も答えられずにいる僕の腕を摑んで立たせ、牛丸さんが歩き出した。摑まれた腕に痛みが走ったのと、なぜそんなことをされるのかわからない不快さから、足に力を入れるのをやめ、だらんとぶら下がるような恰好《かっこう》になった。

牛丸さんが、そんな僕を見て殺気立った。

「森下さん。捜すんです、池内さんを」

それはいつもの、優しい牛丸さんではなかった。

◇

陽は翳《かげ》りはじめ、草むらや田んぼに影を作っていた。影をじっと見ていると、風が吹き、サワサワと音が鳴って稲の影が揺れた。影だけを見つめると、まるでそれが音を鳴らしているようで、思わず吸い込まれそうになる。

僕はグラウンドの駐車場にいた。

どこを捜しても、池内は見つからなかった。池内の車も駐《と》まっていなかった。

他の場所を捜すも、甲斐《かい》が無かった牛丸さんと合流して、誘《いざな》われるままに車へと乗り込んだ。

「どこに向かっているんですか？」

長い間車内に横たわった沈黙に耐え切れず、僕は訊《き》いた。車窓から見える街並みは、夕暮れを滲ませた色をしていた。

「家に向かっています。池内さんの」

池内の家を知っているほどの関係だったのかと、僕は少し驚いた。そんな僕の心の動きを読み取ったのか、牛丸さんは訥々《とつとつ》と、池内との出会いについて話し始めてくれた。

もともと二人は、ぷりちゃんが亡くなる前から知り合いだったそうだ。行きつけのＢＡＲが一緒だったらしい。歳は牛丸さんの方が十五も上だが、音楽の趣味が合ったことで二人は意気投合した。

酔っぱらった池内を迎えに来るぷりちゃんとも、牛丸さんは何度か会ったそうだ。

「可愛らしい方ですよ、本当に。それに池内さん、愛妻家でね。その頃私はもう、妻が逝ってから、五年くらい経ってましたから。なんかやっぱり池内さんが羨《うらや》ましくてね」

しかしある時から、池内がＢＡＲに来なくなった。やがてぷりちゃんの訃報《ふほう》がマスターを通して、牛丸さんにも伝わった。

牛丸さんは心配になり、池内の住所を聞き出して向かってみたそうだ。

けれどチャイムを押しても出てこず、試しに玄関のドアノブを回すと鍵《かぎ》は開いていた。

「数日間、ほとんど胃にものを入れていない池内さんがね、ソファーの上で体育座りをしていたんです」

それから牛丸さんは、池内の家に毎日のように通ってご飯を作ったり、家事の面倒を見たりするようになった。キャンプにも連れ出したそうで、池内の豊富なキャンプの知識は、牛丸さん仕込みのものであるとわかった。

転機は、ぷりちゃんがこの世からいなくなった半年後に訪れた。その日は、池内とぷりちゃんの結婚記念日だったそうだ。

「家に行ってみたら、妙に明るい感じで池内さんが出てきて。で、食卓に、ご飯がたくさん並んでるんですよ。パーティーだって。お皿が三人分あるわけですよ」

池内は、ぷりちゃんが出てきたことを、なんでもないことのように牛丸さんに報告したのだという。

「それでどうしたんですか？　ぷりちゃんがいることに付き合ったんですか？」僕は訊いた。

「最初こそ、なに言ってんですかってツッコんだりもしましたけど。もう、池内さんの目が本気だったから、否定できなくて。そのまま付き合って、その日は帰ったんです。おかしいのは、今日だけだろうって。結婚記念日だから、そんなこと言ってるんだろうって思いましたけど。次に会った時もね」

声色一つ変えない口調から、牛丸さんがその夜の出来事を何度も反芻《はんすう》したであろうことが読み取れた。

その後牛丸さんは、グリーフケアの勉強をして、つきあかりの会を始めた。もちろん会には池内も呼んだけど、彼は何人かの会員たちと折り合いが悪かった。池内は、牛丸さんだけでなくどんな人にも、ぷりちゃんが見えているように振る舞うのだった。

結局池内は、会に来なくなってしまった。

「私は池内さんに対して申し訳なさのようなものがあるんです。池内さんが今みたいになったのは、最初にどうすればいいか、わからなかった私のせいでもあるんですよね。否定すべきじゃなかったでしょうから、間違ったことはしてないと思うんですけど。それでももっと、何か彼のために出来たんじゃないかって」

と、牛丸さんは言った。

「やっぱり池内さん、おかしいですよね」

僕がそう訊くと、

「おかしいのはね。あんな人他にいないっていう意味では、おかしいですよね。でもね……」

言葉をそこで切り、続きを吟味するように、牛丸さんはうーんと小さく唸った。

車は農道をひたすら走っていた。すれ違う街灯のオレンジの光が、フロントガラスを上へと走っていく。

「ぷりちゃんが見えるってことになってるの。あれが、池内さんなりの悲しみとの向き合い方なのだろうとも思うんです。ああすることで、彼はようやく生きている。きっと、彼もわかっているはずです。だから、彼は誰よりも悲しみに向き合い、どうしようか迷ってるのかもしれません」

日が暮れて少ししてから、池内の家に着くことが出来た。玄関前に車一台ぶんの駐車スペースがある、こぢんまりとした二階建ての一軒家だ。池内はまだ帰っていなかった。車は駐まっておらず、家の中は暗かった。牛丸さんが何度もスマホに電話をかけたけど、すぐ機械的な応答メッセージに繋《つな》がり、出る気配はなかった。

「念のため、警察に状況だけ伝えておきますかね」

と、牛丸さんは、警察に電話をかける。僕のことを気遣ってか、少し離れた場所で電話をする牛丸さんを見て、余計に辛《つら》い気持ちになった。

とんでもないことを野球場で言ってしまったと、僕はすっかり冷静さを取り戻していた。一時の感情から、正論を池内にぶつけることが自分の使命だ、くらいのことを考えてしまっていた。正論は、それがどれほど正しいとしても、悪意を帯びた分だけ人を傷つけるというのに。

早く池内に会って、謝りたいと思った。

けれど池内にこの先会うことが叶《かな》わないのなら、それだって無理だ。背筋に、寒気が走った。

他に可能性がある場所を当たりたいと、戻ってきた牛丸さんは再び車を走らせた。二人が出会ったＢＡＲや、ぷりちゃんが事故に遭ったという国道沿いにも向かった。

しかしどこにも、池内はいなかった。

もう一度、池内の家の前に戻ったけど、やはり車は駐まっていなかった。

「いよいよちゃんと捜索願を出した方がいいかもしれませんね」

牛丸さんのスマホの充電が残り少ないということで、一度服屋まで、充電器を取りに戻ることになった。つきあかりの会を開いているところだ。地理がよくわかっていなかったが、池内の家から歩いて数分のところにあるらしい。

一人になって、池内の家の前で待っていると、途方もない情けなさが胸を締め付けてきた。

そしてあの夜が、脳裏に蘇《よみがえ》った。帰らない美紀を、コンビニのイートインで待っていた夜。ただ待つしかなかった無力さを、僕は思い出した。

今は、あの夜と同じようで、また違う。

もし池内に何かあったら、僕のせいだ。僕は強く祈った。池内の無事を、手と手を固く結んで願った。それはとても自分勝手な行為にも思えたけれど、そうするしかなかった。祈ることができるだけ、まだ救いがある。

と、牛丸さんがこちらに向かって走ってくるのが、暗がりに見えた。

何か良くないことが起きたのかと、心臓が鳴った。

「いました。いましたよ！」

牛丸さんは、安心を爆発させるように、大きな声で僕に向かって手を振った。

僕も慌てて駆け出した。牛丸さんに付いて走ると、数分で彼の店が見えてきた。

店に入り、突き当たりの扉を抜けて、階段を上がった先の二階。つきあかりの会が行われていた部屋に、捜していたその人はいた。

「……池内さん」

思わず声が漏れた。

部屋の隅に置かれたパイプ椅子の上、池内は膝《ひざ》を抱えて座っていた。牛丸さんが、

「ここに居たんですね」

声をかけると、少しの沈黙の後に、

「放っといてください」絞り出すような声で池内は呟《つぶや》いた。

「放っとけませんよ、それは。池内さん」

すかさず牛丸さんが返した。

僕も何かを言おうとしたけど、気持ちが溢《あふ》れてうまく言葉が出てこなかった。沈黙が横たわる。

「……ねえ。俺、おかしいかな?」

やがて池内の放ったその声は、弱々しく震えていた。

「おかしいよね。おかしい……みんな言ってるよね。死んだ女房を呼び出して、喋ってるおかしい奴だって。俺、知ってるよ?」

やっぱり僕は、何も答えられなかった。胸が詰まって、変になってしまったようだった。

「やめるよ。やめる……もう、ぷりちゃんに会うの、やめるよ。それで良いんでしょ?　そっ

ちの方が良いんでしょ？」

違います、そうじゃないんです――

そう言いたかったけど、どんなことを言っても池内を傷つけてしまいそうで、怖かった。

すると突然、僕の脇から、怒鳴るような声が飛んだ。

「やめるもなにもないじゃないですか、池内さん！　だって、来てくれてるんでしょ？」

声の方を見ると、牛丸さんが身体を震わせ立っていた。

「池内さんが、呼んでるんじゃないんですよ。奥さんが、来てくれてるんです。じゃあ、良いじゃないですか。やめるも何もない。無理してやめることなんか、ないんですよ」

牛丸さんの目からは、滂沱《ぼうだ》たる涙が流れていた。泣いていることを隠そうともせず、涙を流し続けている。

全身が熱くなった。脳のすべてが絞られるようにぎゅっとなって、やがて頬に違和感を覚えた。触ってみると涙だった。それではじめて自分も泣いているのだと気が付いた。

僕は、決壊した。

立っていることが出来ず、しゃがみ込む。そして泣き喚《わめ》くようにして、謝った。どう頑張っても、池内さん、ごめんなさい、としか言葉が出てこなくて、嗚咽《おえつ》しながらひたすらそれを繰り返した。

あんなに酷いことを言ってしまって、今更言葉に誠意を持たせることなど、今の自分には出来ないとも思えたけど、それでも池内さんに謝りたかった。

——どれほど、泣いていただろうか。

視線を感じて、しゃがんだまま顔を上げた。涙で霞《かす》んだ視界に、先ほどまでと変わらず、座っている池内が映った。

こちらを見ている、潤んだ瞳《ひとみ》と目が合う。悲しみを知っているその瞳。大事な人に先立たれて、自分だけが生き残っている、そのどうしようもなさを知っているその瞳。

「じゃあ、俺は……どうしたら良いんでしょうか？」

池内が、僕を見つめたまま牛丸さんに訊いた。

「俺は、この先どうすれば良いんでしょうか」

「……私はね、池内さんみたいに呼んだって、妻は来てくれないんです。だから羨ましいですよ、とても」答える牛丸さんの声も震えていた。

十秒、三十秒。どれくらいの沈黙が続いただろう。牛丸さんが、僕の肩に手を添えた。僅かでも力を貰《もら》えたようで、僕は上着の袖口《そでぐち》で涙を拭《ぬぐ》い、立ち上がった。

池内はか細い声で、唸るように語り始めた。

「ぷりちゃんにね、訊いたんです。なんで戻ってきたんだって。俺一回も浮気したことないからね。もう、愛し合い過ぎて戻ってきたのかなって、そう思って訊いたんですよ。そしたらね、『お別れしてないから』って……『ちゃんとお別れしてないから』ってそう、ぷりちゃんが言ったんですよ」

池内の声が、揺れている。窓の下の道を、車が走り抜ける音が聞こえた。

「お別れした方が、いいですかね？」

「池内さんは、どうしたいんですか」牛丸さんは問いかけた。

それは何気ないことなんだ、まったくもって大したことじゃないんだ、とでもいった感じの口ぶりだ。

返事は、すぐにあった。

「まだ……お別れしたくないな」

「それじゃあ、そのままでいきましょうよ」

牛丸さんの言う通りだと思った。心の底から、そう思った。

「池内さん、ごめんなさい。僕も、牛丸さんと同じです。ぷりちゃん、いた方がいいと思います。本当に、ごめんなさい」

僕はゆっくりと頭を下げる。返事があるまで、頭を上げるつもりはなかった。

「……うん、ありがとう。大丈夫」

やがて声が聞こえて見上げると、身体を横に開いて話す池内が、視界に入った。

「ねえぷりちゃん。もうちょっとだけ。もうちょっとだけ……ここにいてね」

池内は笑っていた。あまりに眩《まぶ》しい笑顔だった。

気のせいだろうか。

一瞬だけ、池内の肩に手を置く女性が居る気がした。人と認識したのは、人の高さの輪郭を朧気《おぼろげ》にも捉《とら》えたからであって、実際には人の形をした光だったかもしれない。いずれにせよ、池内の隣に僕はなにかを感じた。

もう一度目を凝らすと、それは消えてしまっていた。やっぱり気のせいだったのかもしれない。でも、どっちでも良い。見えるも見えないも、いるもいないも、きっと大した変わりは無いんだ。

僕の感じたことが、僕の世界のすべてだ。池内の感じていることが、池内の世界のすべてだ。もしも美紀とぷりちゃんを僕たちから奪った神さまってのがいるとして。神さまでもそれらを奪えやしないのだ。


翌日、ようやく昼過ぎに目を覚ました僕は、池内にもう一度、謝罪のメッセージを送った。

『本当にすみませんでした。どこかで、お会いできませんでしょうか。もう一度だけ、ちゃんと謝らせていただけないでしょうか』

夜になって返信がきた。

『今度会うときは、ぷりちゃんは連れていけないわ。ぷりちゃん、怖がってるみたいだから。別に俺は大丈夫』

寂しいけれど、しょうがない。

僕は心の中で、もう二度と会えないぷりちゃんという人のことを思い、たとえどこにいても、彼女が平穏に暮らせますようにと願った。

また連絡させていただきます、と僕は返した。

◇

見た夢をもう少し詳しく、起き抜けにメモに残してみることにした。見直したとき、もう一度夢の輪郭をなぞれるくらいには丁寧に。どうしてかわからないけど、それがとても大切なことであるような気がした。

これまでこんなにも夢を見ることはなかった。よっぽど眠りが浅いのかもしれない。

夢といっても、はっきり覚えているものは少なく、目覚めると、薄く消えていくものばかりだ。内容は、仕事のことだとか、幼い頃の思い出だとか、脈絡のないものばかりだったけど、時々美紀の夢を見た。

その日見たのは、鮮明なものだった。

美紀と一緒に明け方、ゴミを捨てに行こうとしているところから始まった。

どうやら僕の希望で新しいゲームソフトを配信で買ったらしく、二人でのめりこんでしまって、このステージで終わろう、このアイテムを見つけたら終わろうと言っているうちに、カーテンの向こうが白み始めていた。蟬が鳴いているから、季節は夏だ。夏の朝、ようやくゲームを終えた僕たちは、ゴミを捨てに部屋を出た。

「この時間なら、ゴミ捨てても大丈夫だよね」僕が言った。

「ってか、どうすんの。こんな時間になって」ちょっと冷静になって、美紀が言った。

「まあ良いんじゃない、今日は二人とも休みでしょ」

「じゃなくって、昼夜逆転。私、昴と違って朝型だからさ」

美紀は、不服そうだ。

「ええ、僕のせいってこと？」

「このまま、寝ずにいようかな」

「いやー。そうしてもどうせ、昼前に寝ちゃって、夕方起きて、もっと酷いことになるよ」

「だよねえ」

指定の電柱脇に着く。なにも言わなくても、美紀がネットを上げて、僕が捨てるその一連の動きに淀みがなくって、僕たちの関係の確かさを思う。そして朝焼けに照らされ始めた道を、マンションへと帰る。

夏休み初日の子どものように、僕は未来を思う。まるで買いたての真っ白な日記帳を前にしたようだ。部屋に帰った美紀が、ふざけてコントローラーを持って立った。僕は手を叩いて笑う。美紀が、あの顔をやってくれる。もうちょっとゲームをしたいクオッカワラビーの顔。僕は、その誘いに乗っかるマンドリルの顔と動きで、コントローラーを拾い上げる。

美紀はゲームが好きなんだ。これからもたくさん、ゲームをやろう。僕たちには、時間がある。何度だってこんな朝を迎えれば良い。起きたらなにを食べようか、どこか買い物に出かけるのも良いかもしれないな、なんて考えながら眠りにつこう。二人の適温、二十六度のドライに設定されていることを確認して、エアコンをつける。

そこで、目が覚めた。

見ていたものが夢だったことに、もちろん幾らかの寂しさはある。けれど、美紀と一緒に過ごす日々のことをたしかに思えているようで、心が柔らかくなった。

美紀がこの世を旅立ったことを、さすがに頭も心も理解し始めているのかもしれない。特番の構成台本を仕上げる締切が迫っていたというのもあったけど、日中も少しずつ、仕事に集中できる時間が増えていた。

帰省してからずっと、僕は居間を仕事場にしていた。そうしていると、なんとなく美紀と一緒に住み始めた頃に戻ったような感じがした。

仕事に集中することで、美紀を考えない時間が増えることに、罪悪感を抱かなくなっていた。忘れているわけではなくって、特別に思い出してはいないだけ。目に見えるか見えないか、違いはそれだけだ。忘れていても、美紀はそこにいる。そう思うと、寂しさと付き合っていけるような気がした。

――とは言え、やっぱり美紀には会いたくなる。

夜の十時を回った頃だった。

胃になにも入れていなかったと、冷蔵庫を開けた。前にカレーを作ってから、もう二週間ほどが経っている。残り少なくなったルーを買い足そうかどうか悩んだ、その時だった。

玄関のチャイムが鳴った。

外出していた母親が帰ってきたのかと一瞬思ったけど、それは違う。母とはさっき、トイレの前ですれ違ったばかりだ。

こんな時間に誰だろうと訝《いぶか》しんでいると、今度は扉を強く叩く音が聞こえてきた。廊下に出ると、玄関の扉、磨《す》りガラスの向こうから激しい声がした。

「洋子さんいますか!? 洋子さん！」

聞き覚えのある声。翠さんだ。

扉を叩き続けるその様子からはただならぬ雰囲気が漂っていて、僕は戸惑った。

「どうしたの？」

仏間から、母が顔を出した。

「翠さんじゃないかな」

サンダルを履いて玄関に出た。手に力が入り、思ったよりも強く扉が開いた。すると翠さんが、僕の脇から雪崩《なだ》れ込むように、玄関の中へ入ってきた。

蒼白《そうはく》となった彼女の顔から、事態の深刻さが読み取れた。

「洋子さん、来てください」

そう言って再び家を出ていった翠さんに、僕は付いていく。外は小雨が降っていた。

軽トラが、助手席が家の前につく向きで停車している。翠さんがそのドアを開けると、牧田さんが座っているのが見えた。

　様子がおかしいことはすぐにわかった。牧田さんは、シートの背もたれにぐったりと体重を乗せて、はあはあと喘《あえ》いでいる。

「車で走ってたら、急に苦しみだして」

　やや遅れてやってきた母に、翠さんが説明する。母は牧田さんの胸と腕に、少しの間触れてから、

「中に運んで。肩でかついで、あまり揺らさないように」と、指示を出した。

　呼吸が困難になっているだけで、意識自体はあるようだった。牧田さんの腕を自分の肩に回して、半ば引っ張り出すような形で助手席から降ろすと、牧田さんは自分の足で立って歩いた。

　もう片方を担ぐ翠さんは、

「ゆっくり、ゆっくり」

　と、冷静に声をかけていて、牧田さんの前では焦りを見せまいとしているようだった。

　居間に運び込んでソファーに寝かせると、いよいよ牧田さんの顔は歪《ゆが》み、ひいひいと、息はかなり荒くなっていた。素人目にも、良くない状態であることは明らかだった。持病が悪化しているのかもしれない、と僕は気が付いた。

「しっかり。ねえ、しっかり」

　肩のあたりを掴むようにして撫《な》でながら、翠さんは声をかける。けれど反応がない。牧田さんは息を荒くするばかりだ。

「はい……そうですね」廊下から母の声がした。

誰かと電話で喋っているようで、話している内容や口ぶりから、相手は病院だろうと推測出来た。母は母で、努めて冷静に振る舞っているようだった。

電話が終わるのを待ってから、翠さんが母に駆け寄った。

「助かりますよね」

「まず応急処置して、すぐに私の車で運ぼう。その方が救急車待ってるより、良いと思う」

「助かりますよね」

「それはわからん……お酒やめんでさ」

そう言って、母は仏間へと去っていった。

今までに聞いたことのない、恐ろしいほどに冷たい声だ、と思った。虚を衝《つ》かれたようになって、翠さんはその場で完全に固まってしまった。僕も何を言えば良いかわからず、ただ立ち尽くすだけだった。牧田さんの荒い呼吸が生み出すやるせない緊張感が、部屋のすべてを支配した。

ややあって、母が小さな鞄を小脇に抱えて居間に戻ってきた。そしてソファーに横たわる牧田さんの袖をまくり、注射の準備を始める。注射する部位を消毒してから、注射器を顔の前に持ち、針を上に向けた。ピストンを押すと、中から液体が数滴、発射された。ただ見守るしかなかった。糸を強く張ったような緊張感が横顔から伝わってきて、それははじめて見る母の表情だった。

翠さんを見やると、彼女は砂漠で夜明けを待つ迷い人のように、目を伏せて震えていた。

やがて針が、牧田さんの腕に刺された。母の手元は体に隠れてよく見えなかった。

注射を終えると母は立ち上がり、

「車に運んで」小さく呟いた。

その時だった。

何かが掛け違って歪んでいくのを見てしまったような、強烈な違和感が僕の胸を突き上げた。けれどそれが、何に対しての違和感なのかわからなかった。

「手伝ってください」

という声で、現実に引き戻される。

翠さんが、ソファーから牧田さんを起き上がらせようとしていた。

呼吸は浅く、変わらず苦しそうにしている牧田さんの両脇を支えて、外に運び出した。軽トラには後部座席がないため、母の車に乗せる。翠さんがその隣に座ったので、僕は助手席へと回って母を待った。

母がやって来るまでの間、先ほど覚えた違和感に思いを巡らせた。

靄《もや》がかかっているように、その正体がわからない。単純に仕事をする母を見るのがはじめてだったことと、起こっていることの非日常さから、変に感じただけかもしれない。

後部座席から、「けんちゃん大丈夫だからね、もう大丈夫だからね」と励ます翠さんの声が聞こえた。まるで、自分に言い聞かせるようでもあった。

とにかく今は、牧田さんの無事を祈ることに注力すべきだろう。しかるべき応急処置を終えて、これから病院へ向かうのだ。

美紀も、こうしてすぐに治療していれば――

そう思って、僕はかぶりを振った。空っぽの胃が逆流するようで、ぐっと腹に力を込めた。と、

「車に運んで」

母の声が、頭の中で再生された。

違和感のはじまりは、紛れもなく母のあの声だった。冷静さともまた違う、小さなあの声に籠《こも》っていたのは、医師としての真摯《しんし》さでも、病状の深刻さでもなかった。

――恐怖だ。

母は、恐怖していたのだ。

最愛の夫を殺《あや》めたかもしれないと疑う相手の命を、今まさに助けようとしていることへの、恐怖だ。

母が特別な思いを抱かないはずがない。どうして、そのことに気付かなかったのだろう。するとばたん、とドアを閉める音が近くでして、僕はびくっとなった。

運転席に母が座った。そしてなにも言わずにエンジンをかける。点灯されたヘッドライトが、降っている雨を切り裂いた。さっきよりも雨脚は強くなっているようだった。

車は、夜の街を滑り始める。雨のせいで、視界は悪い。ワイパーの動く音が、リズムを刻ん

だ。他に、車はほとんど走っていなかった。

後部座席から、変わらず苦しむ牧田さんの、ひいひいという声が聞こえてくる。先ほどより喉《のど》が強く絞まっているような、より意識の線の細いところで声を出しているような感じがした。

僕は、一つの可能性に思い当たっていた。

――もし母が、実は注射を打っていなかったら。打つフリだけをして、針を皮膚にさしていなかったら。

さすがにあり得ないだろうと打ち消すけど、一度囚《とら》われたその考えに、脳は侵食され始めていた。

「すみません、もっと急いでください」

たまらず翠さんが、母に声をかけた。

何も返さない母を見やると、じっと前を向いてハンドルを握っていた。その目はあからさまに虚《うつ》ろで、よく見ると、唇を噛《か》んでいるのがわかった。

予感は、薄っすらと確信に近いものに変わっていった。

僕は何度か、唇を噛む母を見たことがある。

近所で起こった強盗事件の犯人が、父を殺した通り魔犯ではないとわかった日も、「犯人が見つかって良かった」と言いながら、母は唇を噛んでいた。高校を出たら東京の大学に進学したいと伝えた日も、「好きにしなさい」と言いながら、母は同じ顔をしていた。

本心を、隠す顔だ。

「う、ううう……」

絞り出されたような声がした後で、後部座席がガタガタと揺れて、そのまま静かになった。

「けんちゃん？　けんちゃん？　ねえ、けんちゃんしっかり……」

ひりつく緊張が、まるで生き物のように、狭い車内の酸素すべてを吸い尽くしている。翠さんは何度も呼びかけるけど、牧田さんの反応は無かった。

僕はたまらず、「大丈夫よな？」と、母に訊いた。

「母さん。ちゃんと処置したんよな？」

変わらず、母からなにも返ってこない。翠さんはもう、なりふり構わず泣きじゃくり出していた。すると、

「私は」と、声がした。

運転席を見る。変わらず唇を噛んだまま、母はまっすぐ前を見つめている。そして、聞こえるか聞こえないかくらいの小さな声がした。

「私は、決めれん……お父さんに決めてもらう」

その言葉で、僕にはすべてがわかった。母は、牧田さんの命を自らの手で救うことを避けたのだ。応急処置をしないことで、牧田さんの命を、運に委《ゆだ》ねようとしているのだ。

「……打ってないんやな？……応急処置、せんかったんやな？」

返事はなかった。それは肯定の沈黙だと僕は捉えた。

「違うと思う。母さん、僕はそれ違うと思うよ」

正常ではない判断を下していることは、自分でわかっているはずだ。それでも母は、医者の、それ以上に人としての倫理観を曲げても尚《なお》この選択をしたのだ。

やはり母は、なにかに取り憑《つ》かれてしまっている。深い悲しみは、母の脳を侵食し、間違った景色を見せてしまっている。

どこまで僕の声が届くかはわからない。けれども今、彼女を夢から覚まさないといけない。なんとしても現実に、連れて帰らないといけない。エンジンの駆動音が腹の中を響かせる。母がアクセルを踏んだらしい。フロントガラスの視界が、勢いよく後ろへと流れていく。僕は運転席に、身体を向けた。

「ねえ、それは父さんがそうしたいって言ってるの？　牧田さんの命をどうするか、父さんが決めたいって言ってるの？」

母の目が、ぴくりと動くのがわかった。

「母さんは、父さんの声を聞いたの？」

車が減速を始める。信号で停まるのだろう。視界の隅に、赤い光線が入ってきた。

「母さん。ちゃんと聞いて。もし母さんが、父さんの声を聞いたんなら良い。父さんの望む通りにしたらいい」

僕はそこで言葉を切った。車が静止する。訪れた一瞬の静寂は、車体に叩きつける雨の音と、機械的なワイパーの作動音にかき消された。

「……でもね。勝手に想像するのは違うと思う。母さんが勝手に父さんの復讐《ふくしゅう》をしたいと思うのは、違うと思うよ」

突如、翠さんの声が後部座席から聞こえた。

「お願いです、助けてください。お願いします」

信号が青に変わる。車は発進しない。

「ねえ母さん。今、この僕の声と父さんの声、どっちが聞こえてる？　どっち!?」

母が僕を振り向いた。その目は大きく見開かれていた。

「……母さん、お願い。牧田さんを、助けて」

時間にすると、五秒も経っていなかったと思う。僕と母は、その間、ずっと目が合っていた。

母が、まるで恐い夢でも見ていたかのように身体を震わせた。そしてそのまま、運転席のドアを開けて車の外に出た。

降りしきる雨にずぶ濡《ぬ》れになりながら、母はトランクから医療箱を取り出し、後部座席のドアを開けた。隣で翠さんは、半ばパニック状態に陥っていたけど、母は冷静に、それこそ医者の職務を全うするように、静かに注射の準備を始めた。

代わりに運転をしようと、僕は座席を跨《また》いで運転席に座った。幸い、免許証を入れた財布を持ってきている。冷静にそう、考える。

注射を終えると、母は助手席に座った。ずぶ濡れの髪と身体を拭こうともせず、変わらず無言のままだ。僕はアクセルを強く踏んだ。

病院に着くと、玄関に救急医療チームが待ち構えていた。車を停めるやいなや、看護師たちは車のドアを開け、ストレッチャーに牧田さんを乗せた。落ち着きを少し取り戻した翠さんは、

「大丈夫だよ、本当に大丈夫だから」

と、牧田さんに呼びかける。母は駆け付けた医師に、なにかを説明しているようだった。待つべきか悩んでいると、母は医師たちと一緒に病院の中へ入っていった。それを見て僕は、裏手にある駐車場へと車を回した。

雨はまだ降りしきっていて、地面を叩く音が激しかった。走ってひさしの下に入り、服や髪についた水滴をぬぐっていると、雨脚は次第に弱まっていくようだった。

病院の中に入っても、母がどこに行ったのかはわからず、待合室をぶらぶらするしかなかった。急な眠気に襲われて、僕は椅子に座った。

微睡《まどろ》む視界に、人影が映った。僕は目を閉じているはずだから、見えているのは瞼《まぶた》の裏に映された景色だ。

人影はゆらゆらと揺れ、こちらに近づいてきた。やがて焦点が合って誰の影かわかる。

それは、父だった。

遺影の父だ。動かず、喋りもしないけど、父は笑っている。

僕が五歳の時に、父はこの世から旅立った。思い出は、幼稚園の頃、一緒にテレビゲームをしたことぐらいだ。二匹のサルが冒険をするアトラクションゲームで、ブラウン管の前で一緒に、コントローラーを握った。動く父の記憶はそれしかない。

「ねえ。今、いったいどんな気持ち？」

父に、僕は話しかけた。父が、笑ったままで少し頷《うなず》くのが見えた。やがてその輪郭は、溶け出していった。

目を開けると、温かい余韻だけが胸に残っていて、父はいなくなっていた。

視線を廊下の方に向けると、ちょうど母が、奥の診察室から出てくるところだった。

母はしばらく部屋の前に立ち尽くし、やがて少し歩いて、窓の前に立った。

立ち上がり、母に近づくと、泣いているのがわかった。肩が小刻みに震え、洟《はな》をすする音がする。ゆっくりと、母の背に手を置いた。痩《や》せたその身体からは、すぐに骨の感触が手に伝わった。

母がこうやって泣くのを見るのは、いつぶりだろうか。

きっと、僕に隠れて泣くこともこれまでにあったのだろう。僕の前ではいつも気丈に振る舞ってくれていたのだ。

あるいは僕を育てるのに必死で、悲しみに浸る暇さえも無かったのではないか。

母をそっと抱きしめた。腕の中で、母はいつまでも泣き止《や》まなかった。母の人生に底というものがあるのなら、それは父を亡くしたその日でなく、今夜なのかもしれないと思った。だとするなら、これ以上の悲しみが、母を襲ったりしませんように。母が、残りの人生を少しでも、幸せに豊かに過ごせますように。

そう強く、僕は祈った。

牧田さんの手術は、無事に成功したようだった。後から看護師に聞いてわかったことだけど、危ない状態だったことは間違いないが、たとえ母が応急処置をしなくても命は助かっただろう、ということだった。

牧田さんへの疑いを、母ははたして彼らに話したのだろうか。それについては、僕は何も知らない。

しかし、二人と会うことはもうないだろう。当然のことだけど、母は二人を家に呼ばなくなった。これまでに出会った人の中で、もっとも濃く、短い時間を共にした二人。それだけと言ってしまえば、それだけのことだ。

翠さんと牧田さんは、その後しばらくして、結婚したらしい。なにげなく覗《のぞ》いた吉田堂のホームページで、それを知った。会社概要には二人の名前があり、苗字《みょうじ》が二人とも牧田になっていた。

◇

秋が終わろうとしていた。長く厳しい、飛騨の冬がもうすぐ始まる。

部屋の押入れに、高校生の頃に着ていた冬服が何枚か残っていて、薄手のセーターやコートを引っ張り出した。着てみると、縮んでいるのか今の僕には小さく感じたけど、ついこの間まで着ていたかのようにすぐに馴染んだ。

冬をこちらで過ごすのか、僕は迷っていた。本当のところを言えば、そろそろ一度、東京へ帰った方が良さそうだ。引っ越すかどうかも含めて、東京の部屋のことを考えないといけない。ラジオ特番の構成台本については、もう少しで書き終えるところまで来ていた。内容として少しだけ、グリーフケアについても盛り込むことにした。念のため木下さんに相談したら、了解をくれた。

さらには、『また次、頼みたい仕事があるんだけどさ』と、新しい仕事も振ってくれた。僕はもちろん引き受けた。冬の間、やるべきことが出来たようで、素直に嬉《うれ》しくなった。木下さんには、返しきれないほどの恩を抱えてしまった。こつこつ返していくしかないだろう。木下さんからの仕事は何を差し置いても引き受けて、良いものにしていこうと心に誓った。

牛丸さんからは、つきあかりの会についてのメッセージがきた。次に開かれるのは、三日後のようだ。少し迷ったけど、牛丸さんにお礼を伝えたいと思ったので、参加することにした。そういえば、まだ牛丸さんから聞けていなかった。通販サイトで注文していた本は、確認してみるとまだ配送前だ。

どうして牛丸さんは、小説を書いたのだろう。一冊しか本を出していないこと、そして『愛する人へ』というタイトルから想像するに、奥さんの死後に小説を執筆したと思われる。

僕が見た夢をメモするのと、似たようなことなのだろうか。

書くことで、楽になれることがある。そう思うことが増えていた。

頭の中が整理されるというのももちろんあるのだけど、一番には、書いたものをあとで読み返した時に、自分の過去がしっかりと積もっていっているようで、なんとも心が落ち着くのだった。

自分のことを振り返るたびに、過去と現在を結ぶ線が出来る。あの時はあんなことを思っていたとか、ああいう気持ちになったからこそ今はこう感じられているとか、線を結ぶことで、過去に意味を見出《みいだ》すことが出来た。もしかするとその線こそまさに、ある種の物語のようなものなのかもしれない。物語の、いわゆる筋と言われるやつだ。

自分の人生を物語に見立てることで、僕は安らぐことが出来た。

美紀を、失った。

それが過去になっていくことに、耐えがたい寂しさももちろんあるけれど、せめて美紀との時間や思い出、色んなことを出来るだけ忘れたくないと振り返れている今は、ただ茫然《ぼうぜん》としていただけの頃とは違う。

生きるというのは、過去や思い出と向き合いながら、自分だけの物語を作っていくということなのかもしれない。

その日いつものように、昼下がりから居間で作業をしていた。母は仕事に出ていて、家には僕一人だった。

近いうちまた取材することもあるだろうと、確認のためにレコーダーの再生ボタンを押した。前回停止ボタンを押した箇所から再生される。澤田先生への取材を録音した、その最後の部分だ。がたがたっと椅子から立ち上がる音がする。雑音が数秒聞こえたのち、トラックは終了した。

澤田先生に突っかかった僕を退出させた、この時の木下さんを想像して、申し訳なさがまた胸にこみ上げた。僕のせいで壊れた取材の空気をその後持ち直して、最後まで遂行してくれたのだ。木下さんでなければ出来ないことだっただろう。

そんなことを考えていたので、停止ボタンを押すのを忘れてしまい、レコーダーが頭に戻ってしまった。別トラックが再生され始める。サーっというノイズが耳に入ってきて、僕は現実に戻された。

停止しようと持ち直した。その時だった。

急に、声がしたのだ。

「えっと……昴先生、仕事進んでますかー？　明日は急なラジオ出演、緊張してまーす」

一瞬、訳がわからなくなった。

思わず立ち上がったけど、床が抜け落ちたと感じるくらい、全身に力が入らなかった。音声を停止しようとも思ったけど、指にも力が入らなかった。

聴覚だけがその声を、必死になって拾おうとしていた。

「勝手に声吹き込んじゃってます。えー……ねえ。仕事してるとき、すっごい顔怖いの知ってる？　話しかけんなオーラ……今週割とそういう日多いよ」

美紀だ。

美紀の、声だ。

「でもねえ……言いたいことはさ。うん。実家のお母さんにもっと早く会いたかったって話はもう、しません。私は、昴がうちの両親に会ってくれて嬉しかったから、自分が嬉しいことを昴も喜んでくれるって思ってたのね。何度も同じこと言って、ごめん……って話をしたかったけど、もう夜が明けてきましたー……最後に一緒に朝ごはん食べたのいつだっけ？　今度良かったら、駅で待ち合わせしよ。たまには、一緒に帰ろうよ」

サーっというノイズが入って、音声が終わった。

予想外の出来事に、しばらく頭が追いつかなかった。これが現実のことなのか、まったくわからない。どこか別の世界へと連れてこられたようだった。

僕はもう一度、同じトラックを再生する。

「えっと……昴先生、仕事進んでますかー？　明日は急なラジオ出演、緊張してまーす」

ラジオ出演を明日に控えた夜。ということは、事故が起こった前日の夜だ。

明け方に吹き込んだ声だろうか。眠っていて、僕はまったく気付かなかった。

久しぶりに聞く、美紀の声。

僕の知っている美紀だ、と思った。機嫌があまり良くない時の、美紀の声だ。

美紀は、不満や思うところがある時、それを直接言葉にはしたがらないタイプだった。僕と違って美紀は、思っていることを言葉にするのが本当のところは得意ではなかったのだ。

僕は、なんでも美紀と話がしたかった。話さないと相手のことなんてわからないだろう、と思うのが僕だった。

ねえ、もっと喋ってよ。

いつか僕は、そう美紀に言った気がする。

ごめんね、あんなことを言ってしまって。

美紀は美紀なりに、自分のやり方でいつも伝えようとしてくれていたのに。こうして、ふざけてボイスレコーダーに声を吹き込むような、あまりに愛らしいふざけ方で。これを聞いた僕に、いったいどんな反応を期待したのだろう。ねえ、美紀。

見上げると、僕の前に美紀が立っていた。

いつもの美紀が、立っていた。

視界は霞んでいた。涙がぽたぽたと、流れ落ちていた。

「ねえ。みぃは、今、何を考えているの？　今の僕を見て、何か思う？」

美紀が、少し首を傾げる。

僕は、本当に大切なことに気付きつつあった。

「みぃは、寂しいなあとか、思う？　こうやって悲しがってる僕を見て、みぃは寂しくなったりする？……だと良いなあ。だと、僕も寂しくないなあ」

僕のもとに、美紀がやってきた。立ち尽くす僕の後ろに回り、腰に手を当ててくれた。

伝えたいことが、たくさん湧いて出てきた。

やっぱり僕は、お喋りだ。

美紀の方に振り向いて、その肩に僕は身体を預ける。違和感なんかなかった。ただ、とにかく幸せだった。

「これから僕は、新しいものと出会うんだろうな……綺麗《きれい》だとか、美味《おい》しいとか、腹立ったとか。そういうみぃに話したいことが増えていってさ」

お喋りなくせに、話したいことがうまくまとまらない。もどかしいけれど、どうしようもなかった。

「みぃはどう思うかなって、わかんないことがどんどん増えていくんだろうなって、そう思うんだ。でも多分……その度、僕はみぃを思い出すよ」

美紀の腰に手を回し、そしてたまらず抱き寄せた。

何も言わない美紀は、それでもたしかにここにいる。抱き寄せているから、顔は見えないはずなのに、しっかりと見つめ合えているようで、僕はやっぱり美紀のことをどうしようもなく愛していた。

「僕はみぃのことが大好きだから、色々話すし、できたら一緒のこと思ってるといいなと思う時もある。でも……同じじゃなくていいから。ただ、一緒にいるだけでいいから」

僕たちは、ゆっくりと抱きしめ合った。たくさんの過去と未来が僕たちを囲んで、さあさあ、何も怖いものはないからと語りかけていた。永遠にも繋がっていくような時が流れていた。

「見えなくても、近くにいてね。忘れても……思い出すからね」

そう呟いて、僕は涙を拭った。

やがて、美紀が消えていくのがわかった。それでも、怖くはなかった。

見えてなんかいないのに、しっかりと美紀が頷いてくれるのが、僕にはわかったからだ。

美紀の名残を身体に纏《まと》うようにして、僕は自分で自分を抱きしめた。

しばらくそうしていたけど、美紀に見られていると思うとなんとなく恥ずかしくなってきて、ゆっくりと手をほどいた。

椅子に座って、しばらくぼんやりする。何気なく窓の方を見ていると、陽が翳り、窓際の壁にあたっていた光が吸い込まれるように消えて、そこが影に変わっていく瞬間を見た。立ち上がって窓まで行くと、まだらのものが落ちてゆき、外を見た。

雪が降っていた。

まだ雪と呼ぶのも覚束《おぼつか》ないような、白い結晶が灰色の空を埋めている。

見ているうちに、あっと思って、スマホを探した。写真を撮っておこうと思ったのだ。

机上にあったスマホを手に取り、窓に向けて構える。

美紀も見てるだろうか。

見てるといいな。

ちょうど雲間から光が射し、初雪は踊るようにして宙を舞った。

◇

「夢を記録することで、森下さんは、自分の中の混沌《こんとん》としたものと向き合っているのかもしれませんね。私が、小説を書いたのもそれなんです」

牛丸さんは、僕にそう打ち明けてくれた。

つきあかりの会の当日、会場に向かうと、森下さんもちょっと話してみませんか、と誘われた。

自分の話をするのはどうにもこそばゆい感じがしたけど、せっかくだからと参加してみた。いざ自分の番が回ってきて、おっかなびっくり、夢をメモすることで心が軽くなっていることを僕は話した。

誰かに話すのは初めてだったけど、話すうちに思いがけず、言葉がするすると出て行った。会の参加者たちの雰囲気のおかげだったと思う。それぞれ抱える悲しみは違うのに、僕たちの吸っている空気や、心を覆っている雲は同じなのかもしれないと思えた。

「実はなぜこの話をしたかというと、牛丸さんが小説を書いているってのをネットで知ったからなんですけど……」

　僕がそう言うと、場がざわついた。みんな一様に知らなかったようで、牛丸さんははにかみながら、参ったなと頭を掻《か》いた。

「すみません。皆さん知ってると思ってました」

　僕が謝ると、

「いえいえ、小説なんて大したもんじゃないですよ。自費出版ですしね」

　と、牛丸さんは微笑んだ。

「若い頃、小説家になりたいって思っていたんですけど。まあ無理だと、諦《あきら》めまして。挫折《ざせつ》なんて大したものじゃないです。書き切ることさえ出来ずに、やめちゃったんです。それが三十年ぶりですよ。妻が死んでしばらくして、急に書き始めたんです」

「どれくらいの分量ですか？」

「原稿用紙に二百枚くらいですかね」

　結構な分量だと思い、

「一気に、書いたんですか？」僕は訊いた。

「そうですね、一ヶ月くらいはかかりましたけど、もう書いている最中は無我夢中。で、ろくに推敲《すいこう》もせずに自費出版したんで、それはひどい代物ですよ。ネットで買えるんですが、皆さん買わないでくださいね」

　おどける牛丸さんに、一同は笑った。

フードの大学生の女の子が、

「また書かないんですか？　別の本」

と、牛丸さんに尋ねた。彼女はこの日も、フードを被っていた。

会が始まる前に、少し彼女と話すことが出来た。彼女は近くの本屋でアルバイトをしているのだという。本に囲まれていると、落ち着くらしい。今は図書館司書の資格を取ろうと勉強中だそうだ。

別の本を書かないのかという彼女の質問に、牛丸さんは、「もう十分ですよ」と笑った。

「自分で読んでもね、ひどい本なんです。筋も無茶苦茶だし、主人公が途中で替わったりするし。でもね」

牛丸さんはそこで言葉を切って、湯呑《ゆのみ》に入ったハーブティーを飲んだ。会が始まる前、今日は僕も用意を手伝った。

湯気が牛丸さんの眼鏡を曇らせた。ありゃりゃと言いながら眼鏡を外して、牛丸さんは目の縁を指でなぞった。見ると、目元がほんの少し赤みを帯びているような気がした。

眼鏡をもとに戻して、牛丸さんは語り出す。その声は、いつもよりハキハキと、力が籠っていた。

「形にして良かったです。本という形にして、良かったです。心が弱くなった時、もうダメだと思った時、僕はその本を手に取るんです。手に取り、抱えるだけ。でも、それだけで良いんです。それだけで、自分は自分の人生をちゃんと生きてると思える。生きているって、なんて凄《すご》いことなんだって。そうちゃんと、思えるんです」

ホームに着くと、ちょうど富山へ向かう特急列車が停まっていて、僕は急いで乗り込んだ。

母のこともあるし、これからはなるべく頻度を上げて帰省しようと思っている。飛騨で暮らすことも考えたけど、やはり構成作家の仕事で食べていくには、東京にいないと厳しい。

東京に戻る前に、母と一緒に墓参りをした。父は、街が一望できる高台の市営墓地に眠っている。

母は手を合わせ、しばらく目を閉じてから、急に「ごめんねえ」と言った。

なにを謝ったのだろうかと、「うん？」と僕が訊くと、

「昨日、お父さん、誕生日やったんやよ」

と、笑いながら目を開けた。

「覚えとったはずが、ころっと忘れとって。さっき思い出した。お父さん、ごめんねえ。おめでとうね」

僕も忘れていた。ごめんねと心の中で呟いた。また母さんと一緒に来るからね、とも言い添えた。

列車はホームを出発して、すぐにトンネルに入った。僕は東京に戻ってからのことに思いを

馳《は》せ始めた。とりあえず部屋に帰ったら、引っ越しに向けて片づけをしないといけない。美紀と過ごした場所にいられなくなるのはもちろん寂しいけど、残念ながらお金に余裕がない。でもその前に、新しい自分の部屋を内見するのが先かな。

そこで、これから帰る部屋の冷蔵庫に、美紀の作ったカレーを入れっ放しにしていたのを思い出した。あの夜、残ったカレーを皿に移し、ラップにくるんで冷蔵庫に入れたのだ。すっかり忘れてしまっていた。

もう、二ヶ月という月日が経っている。温めても食べられないだろうし、かといって冷蔵庫にそのままにする意味もない。

さすがに捨てなきゃいけないなと、自分の部屋のキッチンを脳裏に浮かべる。

列車が、トンネルを抜けた。

ふと思考と記憶が繋がった。飛騨へ帰る列車で、美紀が僕のもとに来てくれたことを思い出し、窓に目をやった。ガラスに映る、影を探す。

誰もいない窓辺には、冬の眩しい光が反射していた。しばらくそれを見ていると、心が温かくなるのがわかった。

みぃが、温めてくれてるんだ。

そう思って、思わず口元が緩んでしまった。ふっと口から息が漏れ、そのまま声は出さずに、しばらく笑い続けた。

鞄からパソコンを取り出して、電源を入れる。冷蔵庫のカレーは、もうしばらく捨てずにいようかなと、そんなことを考えた。送られてきた次の仕事の資料を読んでおこうと、ファイルをクリックする。

そして少しの間、みぃのことを忘れてみる。

作道 雄（さくどう　ゆう）
1990年大阪府生まれ。映画監督、脚本家。監督作に『神さまの轍』、脚本作に『光を追いかけて』など。監督・脚本作のVRアニメーション『Thank you for sharing your world』が第79回ヴェネチア国際映画祭VENICE IMMERSIVE部門にノミネート・正式招待された。2025年1月、映画『君の忘れ方』が全国公開。

装丁　青柳奈美

本書は書き下ろしです。

君《きみ》の忘《わす》れ方《かた》

2024年12月12日　初版発行

著者／作道《さくどう》 雄《ゆう》

発行者／山下直久

発行／株式会社KADOKAWA
〒102-8177　東京都千代田区富士見2-13-3
電話　0570-002-301(ナビダイヤル)

印刷所／旭印刷株式会社

製本所／本間製本株式会社



●お問い合わせ
https://www.kadokawa.co.jp/（「お問い合わせ」へお進みください）
※内容によっては、お答えできない場合があります。
※サポートは日本国内のみとさせていただきます。
※Japanese text only

定価はカバーに表示してあります。


ISBN 978-4-04-115565-3　C0093